LA LEONIE
LE TIBERIAN
Karnak
LES ÎLES ENESIE
Ravenn
Anderion
Montban
PETIT GOTTLAND
Destrion
La Vieille Forge
Ellumnia
Akydryl
LE NAPPAN
Messadine
Sentier
YGDRYL
Pont de l'Enya
ALEM DANA
Source du Fleuve-Monde
Temple du Dragon Bleu
Omnédé
L'ENYA

LES MAÎTRES INQUISITEURS

Tome 1 - Obeyron

Scénario
Olivier Peru

Dessin
Pierre-Denis Goux

Couleurs
Digikore Studios

Storyboard
Benoît Dellac / Pierre-Denis Goux / Jean-Luc Istin

Créateur de l'univers
Jean-Luc Istin

soleil

LE CHAOS - L'ÂGE DES GRANDS CONFLITS

Jadis, une guerre sans pareille embrasa toutes les provinces d'Oscitan. Comme dans trop de conflits, l'origine de la querelle compta bien vite moins que la querelle elle-même. Néanmoins, les rouleaux de la mémoire retiennent qu'un simple embargo sur des épices décrété par les Ashinns, les nains du Sud, contre les Tyrs, les hommes du Nord, suffit à provoquer la discorde entre ces deux peuples et à les entraîner sur les champs de bataille. Leur antagonisme ouvrit l'appétit de conquête des partisans des deux camps, puis, d'alliance en alliance, le continent tout entier finit par prendre les armes. Les coalitions changèrent au gré des intérêts, des trahisons ou des affronts, la haine prit le pas sur la raison et l'Oscitan dut attendre mille ans avant de retrouver la paix.

On surnomma cette période noire de l'histoire "Le Chaos".

À la fin du Chaos, les nations, les seigneuries, les peuplades, les clans, les grandes armées, tous ceux qui s'étaient battus finirent par former cinq grandes maisons : la maison des Tyr, des Ashinn, des Mannlander, des Mokhans et la puissante Confrérie Royale des Chênes, regroupant trois royaumes sous sa coupe.

L'arrêt des combats entre ces cinq grandes forces belliqueuses n'aurait jamais été possible si les Mages qui mirent fin au Chaos n'avaient pas ignoré leur ancestrale obligation de réserve. Durant plusieurs siècles, ils œuvrèrent en secret à un plan dont le seul but était de trouver puis de former un être capable de régner sur l'Oscitan, un être dont la mission première serait d'unifier tous les peuples. Pour ce faire, ils fondèrent une école dans laquelle ils initièrent à leur art et à leur sagesse les enfants des plus grandes familles, le plus souvent des bâtards car les premiers-nés leur étaient refusés. C'est de l'élite de cette institution que proviennent les deux Mages Empereurs.

AQUILON,
Mage Empereur

ASSINYA,
Mage Impératrice

Tous deux tissèrent des liens avec les grandes maisons afin de les rallier à leurs vues, en les convainquant autant qu'en les combattant, puis traité après traité, les ennemis trouvèrent le chemin de la paix et permirent à Aquilon et Assinya de forger les deux Empires. Ce fut la fin du Chaos.

L'INQUISITION

Alors que la guerre masquait les actes criminels, la paix les dévoile peu à peu. Meurtres, chantages, vols, outrages, vices, conflits commerciaux apparaissent au grand jour.

Pour faire régner la loi et lutter contre le crime, les Mages, artisans de la paix, ont créé un ordre : les Maîtres Inquisiteurs.

Un Maître Inquisiteur mène toujours ses enquêtes avec l'assistance d'un Elfe. Leurs talents conjugués en font les meilleurs limiers du monde. Le siège de l'Ordre est établi à Ares, la cité-état indépendante des Empires. Trois juges y gouvernent la destinée de l'Ordre, ce sont les plus anciens Maîtres Inquisiteurs. Pour protéger la cité, l'Inquisition possède une garde d'élite fonctionnant comme une armée.

Le premier,
ADRAEL D'OSCENCTIS,
en charge des crimes.

Le deuxième,
ELIAS D'ORHN,
en charge des délits.

Le troisième,
EKIEL D'AMBRE,
en charge des affaires commerciales et des litiges qui en découlent.

Les Maîtres Inquisiteurs sont environ cinquante, trop peu au regard du nombre de crimes et délits commis en Oscitan. Cependant, l'Académie en criminologie d'Ares compte plus de cent cinquante étudiants se destinant à la justice.

LES MAÎTRES INQUISITEURS, LEURS ARMES, LEURS POUVOIRS...

LES ARCANES

L'ARCANE D'EMPRISONNEMENT MAGIQUE

Elle permet d'inculper un criminel mais nécessite que le malfaiteur soit au préalable immobilisé.

L'ÉPÉE DU JUSTE

Elle ne blesse et ne tue que les coupables, les runes gravées sur sa lame l'empêchent de blesser un innocent.

LA MAGIE

Le Maître Inquisiteur possède également un pouvoir unique lié à sa personnalité. Ce pouvoir est inné mais nécessite un rituel initiatique pour être utilisé et maîtrisé. Quant à la magie elle-même, bien que son origine soit naturelle, elle est étroitement liée au Chaos. La magie n'est jamais si puissante qu'en temps de guerre. En revanche, elle s'estompe en temps de paix et les rares qui en jouissent voient leurs pouvoirs diminuer considérablement.

LA COMMUNICATION

Autre particularité relevant de la magie, les Inquisiteurs peuvent communiquer à des lieues de distance les uns des autres. Pour cela, ils utilisent la transe, un état proche du sommeil, qui leur permet de pénétrer dans le monde du "rêve".

LE RÔLE DES ELFES

Les Elfes sont originaires d'une terre lointaine, l'île de la fin du monde aussi appelée l'Edelen. Bien qu'ils n'hésitent pas à se mêler à la fureur du monde, ils aiment vivre dans l'harmonie. Immortels, d'un caractère pacifique, communiant avec la nature, on les dit capables d'écouter et de parler avec les quatre éléments. Ils sont proches des mages depuis toujours et ont aujourd'hui épousé la cause des Maîtres Inquisiteurs. Les Elfes sont les premiers enfants de la déesse-mère, les Mages sont les seuls initiés capables de réellement les comprendre et de les voir tels qu'ils sont.

Aucun lien de subordination n'existe entre un Maître Inquisiteur et un Elfe unis par leur mission, mais bien un lien de collaboration.

Je tiens à remercier Jean-Luc d'avoir fait appel à moi pour cette série,
de m'avoir laissé dessus quand nous avons dû faire un choix.

Un grand merci à mon acolyte Olivier pour son écriture et sa confiance. J'adore tes persos !!

Merci à Audrey pour ce confort absolu dans le travail, c'est génial.

Merci à Benoît pour son aide sur les boards.

Et je dédie cet album à ma famille, toujours là quand j'ai besoin d'elle !

Pierre-Denis Goux

Merci aux hardis compagnons de cette nouvelle aventure,
Pierre-Denis, Benoît, Jean-Luc et Audrey, et longue vie à nos Inquisiteurs !

Olivier Peru

Un immense merci à Olivier Peru qui a su relever le défi avec brio tout en m'aidant dans les moments délicats du bouclage.
Merci à Pierre-Denis pour tout le travail « en plus », notamment sur les couleurs et tous les autres travaux de dernières secondes.
Merci à Audrey Dauphin pour sa vigilance, à Laurent Arnaud pour sa remise en question incessante quant à la maquette,
et à Frank Pitel pour son aide à finaliser.
J'oublie certainement des personnes et je m'en excuse auprès d'elles.

J.L. Istin

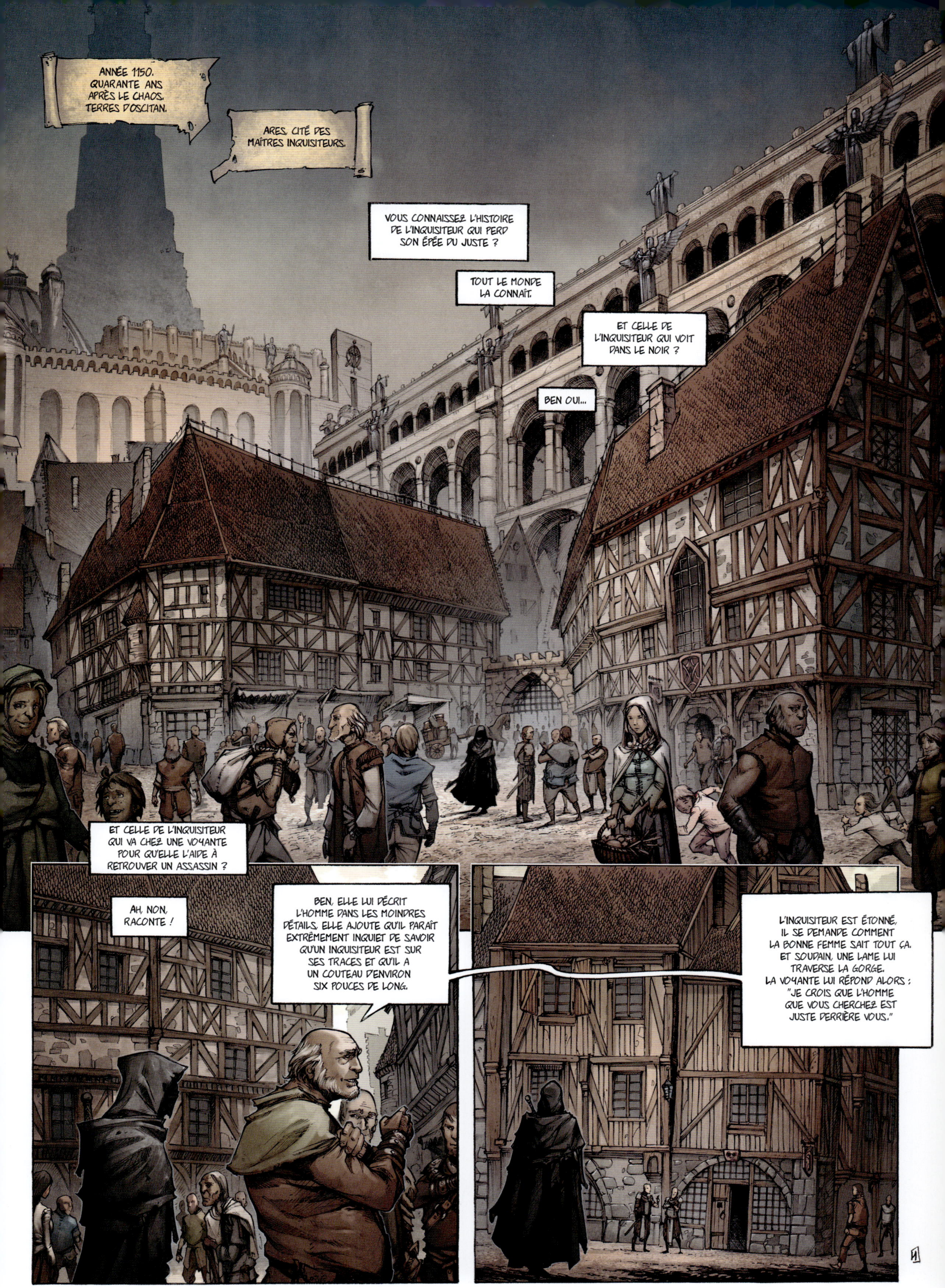
ANNÉE 1150. QUARANTE ANS APRÈS LE CHAOS. TERRES D'OSCITAN.
ARES, CITÉ DES MAÎTRES INQUISITEURS.
VOUS CONNAISSEZ L'HISTOIRE DE L'INQUISITEUR QUI PERD SON ÉPÉE DU JUSTE ?
TOUT LE MONDE LA CONNAÎT.
ET CELLE DE L'INQUISITEUR QUI VOIT DANS LE NOIR ?
BEN OUI...
ET CELLE DE L'INQUISITEUR QUI VA CHEZ UNE VOYANTE POUR QU'ELLE L'AIDE À RETROUVER UN ASSASSIN ?
AH, NON, RACONTE !
BEN, ELLE LUI DÉCRIT L'HOMME DANS LES MOINDRES DÉTAILS. ELLE AJOUTE QU'IL PARAÎT EXTRÊMEMENT INQUIET DE SAVOIR QU'UN INQUISITEUR EST SUR SES TRACES ET QU'IL A UN COUTEAU D'ENVIRON SIX POUCES DE LONG.
L'INQUISITEUR EST ÉTONNÉ, IL SE DEMANDE COMMENT LA BONNE FEMME SAIT TOUT ÇA. ET SOUDAIN, UNE LAME LUI TRAVERSE LA GORGE. LA VOYANTE LUI RÉPOND ALORS : "JE CROIS QUE L'HOMME QUE VOUS CHERCHEZ EST JUSTE DERRIÈRE VOUS."

PERSONNE N'ENTRE ICI SANS Y ÊTRE INVITÉ.
SI TU VEUX BOIRE, C'EST DE L'AUTRE CÔTÉ ! ET SI TU VEUX CAUSER AFFAIRES AVEC PALURAN, FAUT D'ABORD DEMANDER AUDIENCE ET PASSER PAR MOI.
ET FAUT AUSSI FAIRE UN DON À MA BOURSE.
QUESTION DE POLITESSE.
AAHH
CRAK

T'ES QUI, TOI ? QU'EST-CE QUE TU VEUX ?
OBEYRON...
JE... JE TE CROYAIS...
... MORT...
QUARANTE ANS PLUS TÔT.
À LA FIN DE LA GUERRE !
AUX DEUX EMPIRES AUX MAGES ET À LA PAIX !
À L'EMPEREUR AQUILON !
ET À L'IMPÉRATRICE ASSINYA !
ET À L'OR QUE JE VAIS POUVOIR AMASSER DANS LA PAIX AVEC CETTE TAVERNE !
TU ES SÛR DE VOULOIR QUITTER L'ARMÉE ?
PLUS QUE SÛR, MON AMI ! JE RANGE LES ARMES.
TROP DE BONS GARS SONT MORTS DANS MES BRAS. AUJOURD'HUI, JE VEUX SERVIR DU VIN AUX HOMMES, ET C'EST LEURS FEMMES QUE JE VEUX DANS MES BRAS.
ET VOUS DEUX ? VOUS ALLEZ CONTINUER À SERVIR CE NOUVEL ORDRE CRÉÉ PAR LES MAGES ? VOUS N'EN AVEZ PAS ASSEZ DE VOIR DU SANG ?

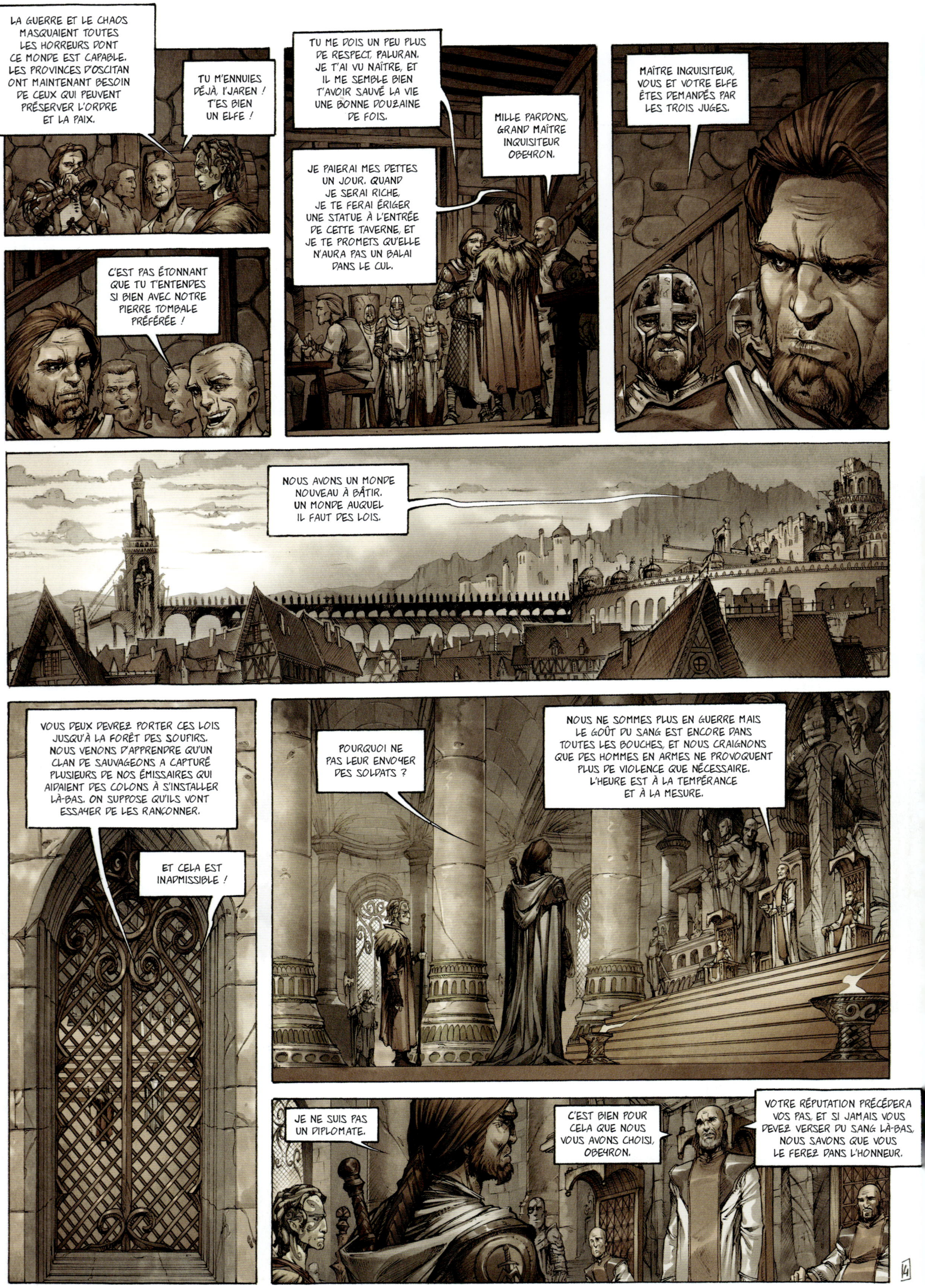
LA GUERRE ET LE CHAOS MASQUAIENT TOUTES LES HORREURS DONT CE MONDE EST CAPABLE. LES PROVINCES D'OSCITAN ONT MAINTENANT BESOIN DE CEUX QUI PEUVENT PRÉSERVER L'ORDRE ET LA PAIX.
TU M'ENNUIES DÉJÀ, l'JAREN ! T'ES BIEN UN ELFE !
C'EST PAS ÉTONNANT QUE TU T'ENTENDES SI BIEN AVEC NOTRE PIERRE TOMBALE PRÉFÉRÉE !
TU ME DOIS UN PEU PLUS DE RESPECT, PALURAN. JE T'AI VU NAÎTRE, ET IL ME SEMBLE BIEN T'AVOIR SAUVÉ LA VIE UNE BONNE DOUZAINE DE FOIS.
JE PAIERAI MES DETTES UN JOUR. QUAND JE SERAI RICHE, JE TE FERAI ÉRIGER UNE STATUE À L'ENTRÉE DE CETTE TAVERNE, ET JE TE PROMETS QU'ELLE N'AURA PAS UN BALAI DANS LE CUL.
MILLE PARDONS, GRAND MAÎTRE INQUISITEUR OBEYRON.
MAÎTRE INQUISITEUR VOUS ET VOTRE ELFE ÊTES DEMANDÉS PAR LES TROIS JUGES.
NOUS AVONS UN MONDE NOUVEAU À BÂTIR. UN MONDE AUQUEL IL FAUT DES LOIS.
VOUS DEUX DEVREZ PORTER CES LOIS JUSQU'À LA FORÊT DES SOUFIRS. NOUS VENONS D'APPRENDRE QU'UN CLAN DE SAUVAGEONS A CAPTURÉ PLUSIEURS DE NOS ÉMISSAIRES QUI AIDAIENT DES COLONS À S'INSTALLER LÀ-BAS. ON SUPPOSE QU'ILS VONT ESSAYER DE LES RANÇONNER.
ET CELA EST INADMISSIBLE !
POURQUOI NE PAS LEUR ENVOYER DES SOLDATS ?
NOUS NE SOMMES PLUS EN GUERRE MAIS LE GOÛT DU SANG EST ENCORE DANS TOUTES LES BOUCHES, ET NOUS CRAIGNONS QUE DES HOMMES EN ARMES NE PROVOQUENT PLUS DE VIOLENCE QUE NÉCESSAIRE. L'HEURE EST À LA TEMPÉRANCE ET À LA MESURE.
JE NE SUIS PAS UN DIPLOMATE.
C'EST BIEN POUR CELA QUE NOUS VOUS AVONS CHOISI, OBEYRON.
VOTRE RÉPUTATION PRÉCÉDERA VOS PAS, ET SI JAMAIS VOUS DEVEZ VERSER DU SANG LÀ-BAS, NOUS SAVONS QUE VOUS LE FEREZ DANS L'HONNEUR.

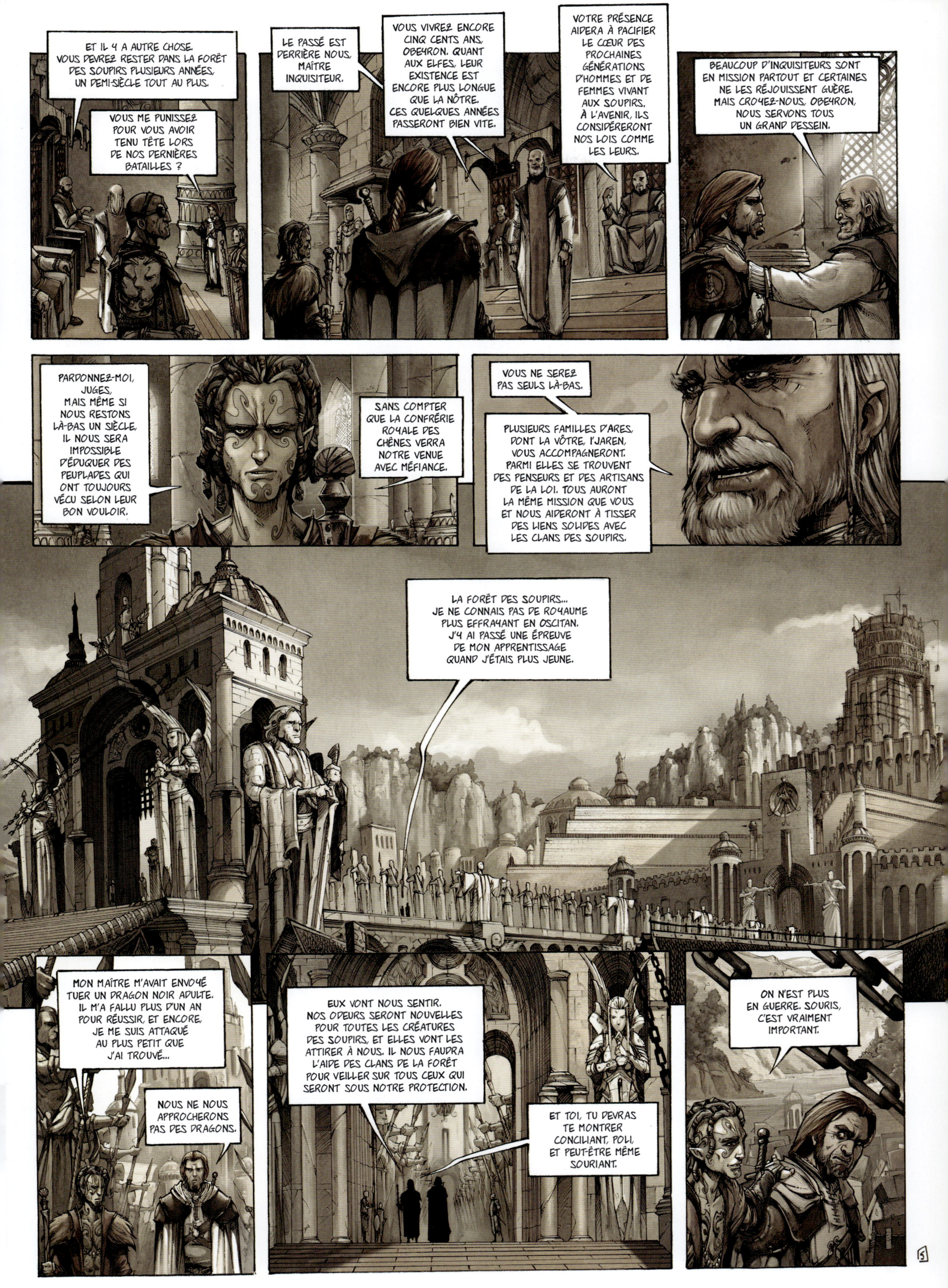
ET IL Y A AUTRE CHOSE. VOUS DEVREZ RESTER DANS LA FORÊT DES SOUPIRS PLUSIEURS ANNÉES, UN DEMI-SIÈCLE TOUT AU PLUS.
VOUS ME PUNISSEZ POUR VOUS AVOIR TENU TÊTE LORS DE NOS DERNIÈRES BATAILLES ?
LE PASSÉ EST DERRIÈRE NOUS, MAÎTRE INQUISITEUR.
VOUS VIVREZ ENCORE CINQ CENTS ANS, OBEYRON. QUANT AUX ELFES, LEUR EXISTENCE EST ENCORE PLUS LONGUE QUE LA NÔTRE. CES QUELQUES ANNÉES PASSERONT BIEN VITE.
VOTRE PRÉSENCE AIDERA À PACIFIER LE CŒUR DES PROCHAINES GÉNÉRATIONS D'HOMMES ET DE FEMMES VIVANT AUX SOUPIRS. À L'AVENIR, ILS CONSIDÉRERONT NOS LOIS COMME LES LEURS.
BEAUCOUP D'INQUISITEURS SONT EN MISSION PARTOUT ET CERTAINES NE LES RÉJOUISSENT GUÈRE. MAIS CROYEZ-NOUS, OBEYRON, NOUS SERVONS TOUS UN GRAND DESSEIN.
PARDONNEZ-MOI, JUGES, MAIS MÊME SI NOUS RESTONS LÀ-BAS UN SIÈCLE, IL NOUS SERA IMPOSSIBLE D'ÉDUQUER DES PEUPLADES QUI ONT TOUJOURS VÉCU SELON LEUR BON VOULOIR.
SANS COMPTER QUE LA CONFRÉRIE ROYALE DES CHÊNES VERRA NOTRE VENUE AVEC MÉFIANCE.
VOUS NE SEREZ PAS SEULS LÀ-BAS.
PLUSIEURS FAMILLES D'ARES, DONT LA VÔTRE, I'JAREN, VOUS ACCOMPAGNERONT. PARMI ELLES SE TROUVENT DES PENSEURS ET DES ARTISANS DE LA LOI. TOUS AURONT LA MÊME MISSION QUE VOUS ET NOUS AIDERONT À TISSER DES LIENS SOLIDES AVEC LES CLANS DES SOUPIRS.
LA FORÊT DES SOUPIRS... JE NE CONNAIS PAS DE ROYAUME PLUS EFFRAYANT EN OSCITAN. J'Y AI PASSÉ UNE ÉPREUVE DE MON APPRENTISSAGE QUAND J'ÉTAIS PLUS JEUNE.
MON MAÎTRE M'AVAIT ENVOYÉ TUER UN DRAGON NOIR ADULTE. IL M'A FALLU PLUS D'UN AN POUR RÉUSSIR, ET ENCORE, JE ME SUIS ATTAQUÉ AU PLUS PETIT QUE J'AI TROUVÉ...
NOUS NE NOUS APPROCHERONS PAS DES DRAGONS.
EUX VONT NOUS SENTIR. NOS ODEURS SERONT NOUVELLES POUR TOUTES LES CRÉATURES DES SOUPIRS, ET ELLES VONT LES ATTIRER À NOUS. IL NOUS FAUDRA L'AIDE DES CLANS DE LA FORÊT POUR VEILLER SUR TOUS CEUX QUI SERONT SOUS NOTRE PROTECTION.
ET TOI, TU DEVRAS TE MONTRER CONCILIANT, POLI, ET PEUT-ÊTRE MÊME SOURIANT.
ON N'EST PLUS EN GUERRE, SOURIS, C'EST VRAIMENT IMPORTANT.
5

TU SAIS, J'AI PLEURÉ QUAND J'AI APPRIS VOTRE MORT, À l'JAREN ET TOI, IL Y A QUARANTE ANS.
TU ÉTAIS LE SEUL HOMME EN QUI NOUS AVIONS CONFIANCE, PALURAN. C'EST POUR ÇA QUE JE SUIS VENU ICI AUJOURD'HUI.
ET l'JAREN, EST-IL REVENU AVEC TOI ?
NON, MOI SEUL AI SURVÉCU À LA FORÊT DES SOUPIRS...
SURVÉCU À QUOI ?
ET OÙ ÉTAIS-TU DURANT TOUTES CES ANNÉES ? POURQUOI TE MONTRER SEULEMENT MAINTENANT ?
MIEUX VAUT QUE TU N'EN SACHES RIEN.
TU ES VENU ME DEMANDER MON AIDE MAIS TU NE ME DIS RIEN ?
CONTENTE-TOI DE ME TROUVER CE QUE JE T'AI DEMANDÉ ET TIENS-TOI PRÊT. JE TE RACONTERAI TOUT PLUS TARD.
QUE COMPTES-TU FAIRE ?
CE QU'EXIGE LA JUSTICE.
VENGER l'JAREN.
DOUBLEZ LES RONDES CE SOIR ET DITES AUX HOMMES QUE JE PROCÉDERAI À UNE INSPECTION DE LA GARNISON DEMAIN MATIN.
LES NUITS SONT CALMES CES TEMPS-CI, COMMANDANT.
LE GRAND CARTOGRAPHE DE LA CONFRÉRIE ROYALE DES CHÊNES REND VISITE AUX JUGES DANS QUELQUES JOURS. JE TIENS À CE QUE NOTRE ORDRE FASSE HONNEUR AUX INQUISITEURS.
DORS TRANQUILLE, COMMANDANT. NOS TUNIQUES SERONT PROPRES ET NOS ARMES PLUS LUISANTES QUE JAMAIS QUAND TU NOUS FERAS DÉFILER DEVANT SA MAJESTÉ DES BOIS.
SORTEZ LES CARTES ET LE VIN, LES GARS.
D'ACCORD POUR UN PEU DE DISCIPLINE, MAIS ON VA PAS NON PLUS SE FENDRE LA CROUPE POUR UN NOBLE CRAPAUD JUSTE BON À VENDRE SES PARCHEMINS TROIS FOIS LEUR PRIX !

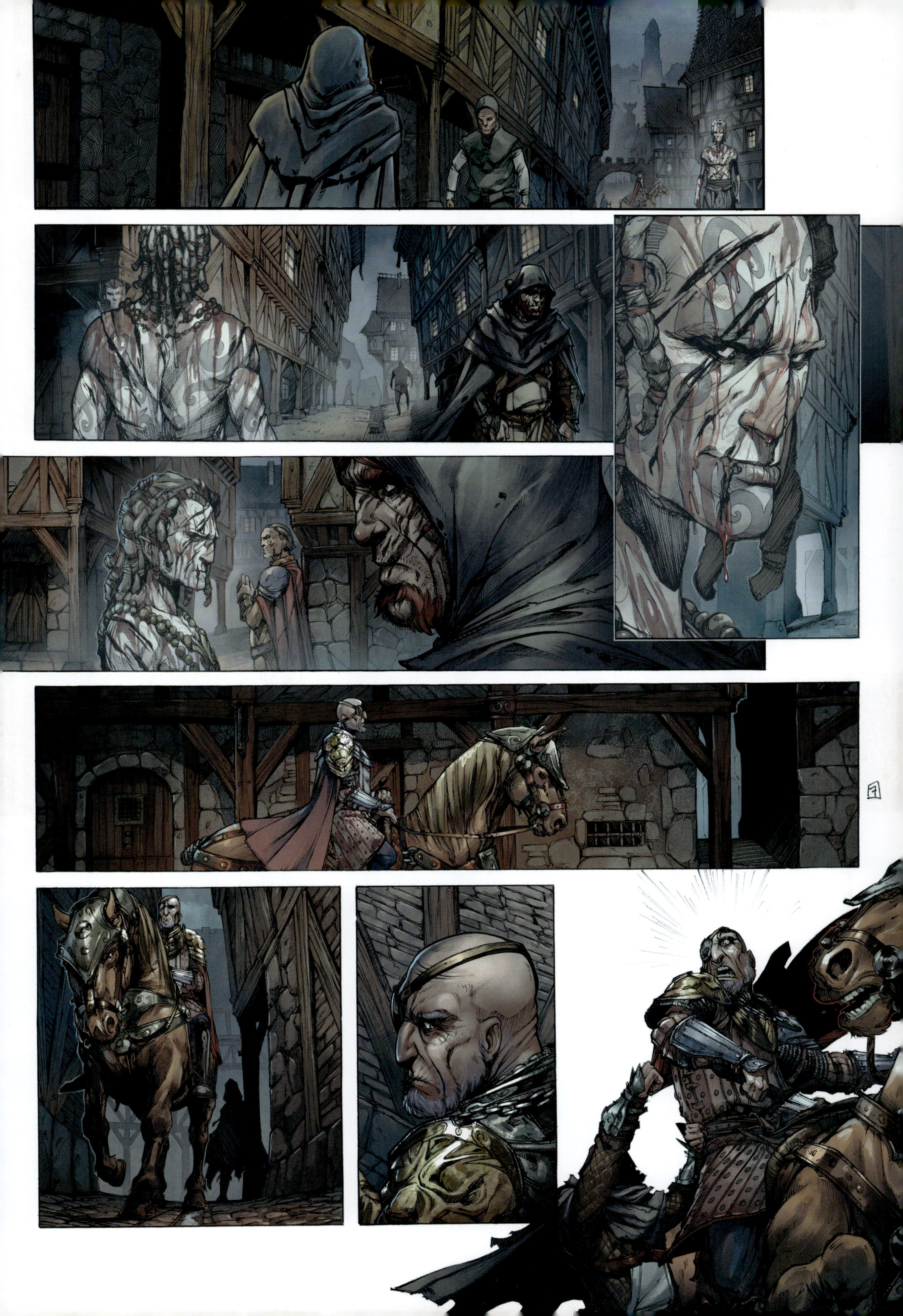

SLING
BLA

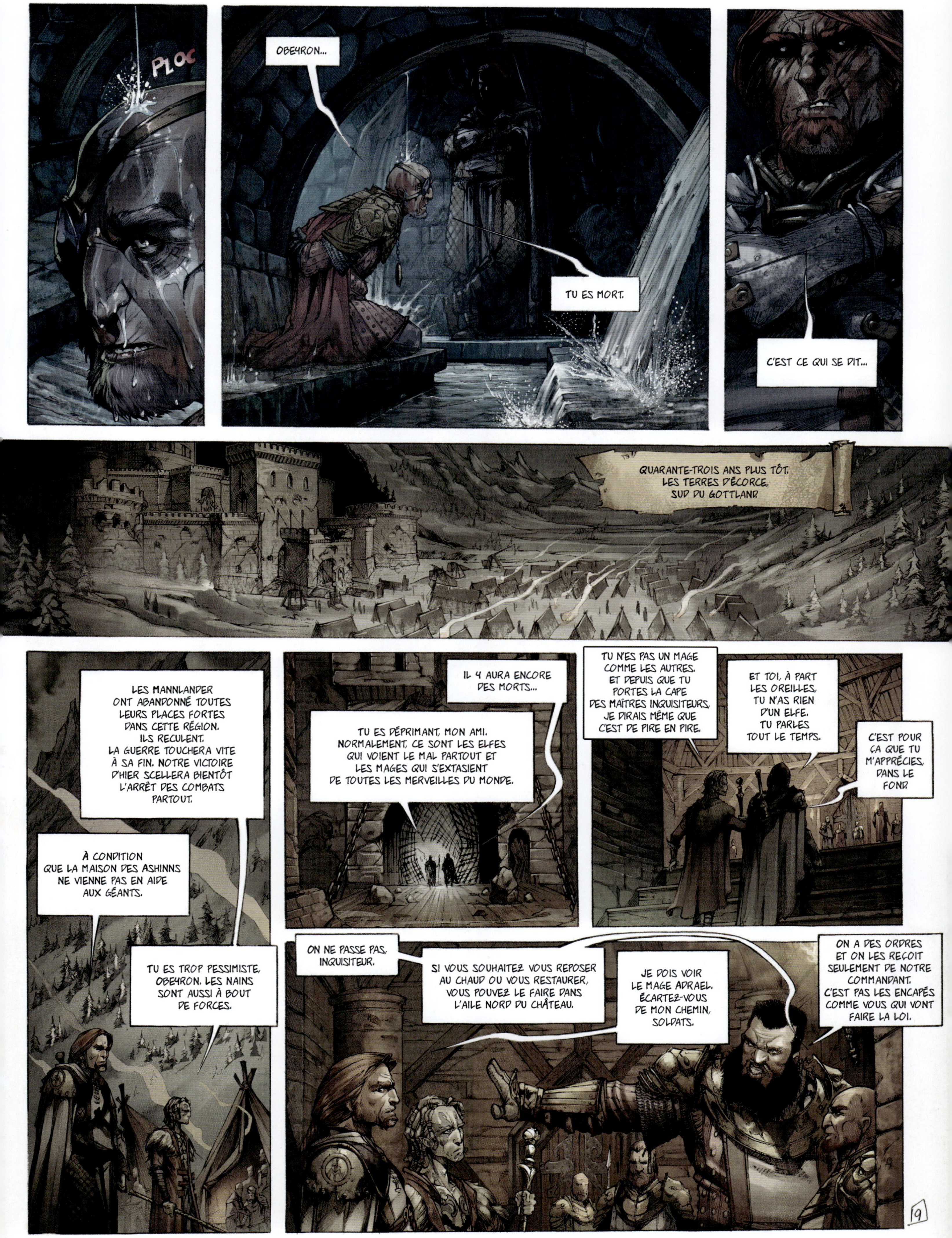
PLOC
OBEYRON...
TU ES MORT.
C'EST CE QUI SE DIT...
QUARANTE-TROIS ANS PLUS TÔT. LES TERRES D'ÉCORCE, SUD DU GOTTLAND
LES MANNLANDER ONT ABANDONNÉ TOUTES LEURS PLACES FORTES DANS CETTE RÉGION. ILS RECULENT. LA GUERRE TOUCHERA VITE À SA FIN. NOTRE VICTOIRE D'HIER SCELLERA BIENTÔT L'ARRÊT DES COMBATS PARTOUT.
À CONDITION QUE LA MAISON DES ASHINNS NE VIENNE PAS EN AIDE AUX GÉANTS.
TU ES TROP PESSIMISTE, OBEYRON. LES NAINS SONT AUSSI À BOUT DE FORCES.
IL Y AURA ENCORE DES MORTS...
TU ES DÉPRIMANT, MON AMI. NORMALEMENT, CE SONT LES ELFES QUI VOIENT LE MAL PARTOUT ET LES MAGES QUI S'EXTASIENT DE TOUTES LES MERVEILLES DU MONDE.
TU N'ES PAS UN MAGE COMME LES AUTRES. ET DEPUIS QUE TU PORTES LA CAPE DES MAÎTRES INQUISITEURS, JE DIRAIS MÊME QUE C'EST DE PIRE EN PIRE.
ET TOI, À PART LES OREILLES, TU N'AS RIEN D'UN ELFE. TU PARLES TOUT LE TEMPS.
C'EST POUR ÇA QUE TU M'APPRÉCIES, DANS LE FOND.
ON NE PASSE PAS, INQUISITEUR.
SI VOUS SOUHAITEZ VOUS REPOSER AU CHAUD OU VOUS RESTAURER, VOUS POUVEZ LE FAIRE DANS L'AILE NORD DU CHÂTEAU.
JE DOIS VOIR LE MAGE ADRAEL. ÉCARTEZ-VOUS DE MON CHEMIN, SOLDATS.
ON A DES ORDRES ET ON LES REÇOIT SEULEMENT DE NOTRE COMMANDANT. C'EST PAS LES ENCAPÉS COMME VOUS QUI VONT FAIRE LA LOI.
9

J'ENTENDS DES PLEURS...
RETOURNEZ SUR VOS PAS, S'IL VOUS PLAÎT.
ET DEMANDEZ POLIMENT AUDIENCE AU CLERC DE NOTRE COMMANDANT SI VOUS VOULEZ UN LAISSEZ-PASSER.
ON NE POINTE PAS...
BAF
... SON DOIGT SUR UN MAÎTRE INQUISITEUR !
OBEYRON ! NON ! VOUS NE POUVEZ PAS...
AVEZ-VOUS TOUS PERDU L'ESPRIT ? N'AVEZ-VOUS PAS VU ASSEZ DE SANG SUR LES CHAMPS DE BATAILLE ? IL FAUT AUSSI QUE VOUS VOUS EN PRENIEZ À VOS PRISONNIERS ! VOUS ÊTES LA GARDE DE L'ORDRE DES INQUISITEURS, PAS DES CHIENS !
NOUS OBÉISSONS AUX CONSIGNES, MESSIRE LE MAGE AU CŒUR PUR ! ALORS, ALLEZ TRAÎNER VOTRE VERTU DANS UN AUTRE COIN DU CHÂTEAU !
ARAN !
JE TE CROYAIS BON SOLDAT, HEN'GONAR !

VOILÀ DE QUOI T'APPRENDRE TON DEVOIR !
IL SUFFIT !
C'EST ENCORE VOTRE FOUTU OBEYRON QUI A PROVOQUÉ MES SOLDATS. EUX NE CHERCHENT PAS QUERELLE SANS RAISON.
NOUS SOMMES ALLIÉS ET NOUS SERVONS LA MÊME CAUSE, CELLE DE LA PAIX !
L'INQUISITEUR NOUS A ATTAQUÉS, COMMANDANT !
CES SOLDATS, SI L'ON PEUT ENCORE LES NOMMER AINSI, TORTURAIENT LEURS PRISONNIERS ET VIOLAIENT CETTE FILLETTE. ELLE A BEAU ÊTRE DU SANG DES GÉANTS, ELLE N'A QUE DOUZE OU TREIZE ANS ! VOUDRIEZ-VOUS QUE VOS ENNEMIS TRAITENT VOS ENFANTS DE LA SORTE ?
11

CETTE TRAÎNÉE EST LA FILLE DU SEIGNEUR DES MONTAGNES ENVIRONNANTES ET LE VIOL A TOUJOURS ÉTÉ UNE ARME DE GUERRE, MAGE OBEYRON ! EN LA BRISANT AVANT DE LA RELÂCHER, NOUS APPRENONS AUX MANNLANDER À NE PAS NOUS DÉFIER ET À VEILLER SUR LEURS FAMILLES PLUTÔT QUE VENIR NOUS AFFRONTER SUR LES CHAMPS DE BATAILLE.
CE N'EST PAS AINSI QU'ON FAIT LA GUERRE !
ET QUE CONNAISSEZ-VOUS À LA GUERRE ? VOTRE STATUT DE MAGE VOUS PRÉSERVE DE BIEN DES CHOSES, ALORS QUE LES VRAIS HOMMES MEURENT FACE À L'ENNEMI DÈS QU'UNE ÉPÉE LES TRANSPERCE. ET CE SONT EUX QUI REMPORTENT LES BATAILLES !
QUANT À NOS PRISONNIERS, JE NE FAIS QU'EXERCER LE DROIT DU VAINQUEUR. ET SI J'ESTIME QUE LES TORTURER PEUT NOUS EN APPRENDRE PLUS SUR LEURS SECRETS, ALORS J'ORDONNE À MES HOMMES DE LEUR INFLIGER LES SUPPLICES NÉCESSAIRES.
CES MANNLANDER SONT MORTS BÂILLONNÉS. S'ILS AVAIENT QUELQUE CHOSE À VOUS RÉVÉLER, VOUS VOUS EN MOQUIEZ, APPAREMMENT.
RESTONS-EN LÀ, COMPAGNONS.
SUIVEZ-MOI, OBEYRON.
OBEYRON...
PUISSES-TU MOURIR AVANT LA FIN DE CETTE GUERRE, MAUDIT MAGE !
TU VAS ME TUER ?
JE NE SAIS PAS ENCORE.
QU'ATTENDS-TU DE MOI AVANT DE PRENDRE MA VIE, ALORS ?

TU ES UN HOMME INTELLIGENT, HEN'GONAR.
TU NE SERAIS PAS DEVENU COMMANDANT DE L'ARMÉE D'ARES SANS CELA ET LA FIDÉLITÉ SERVILE QUE TU VOUES À CEUX QUI ONT ÉTÉ TES MAÎTRES DURANT TA VIE. TU AS TOUJOURS ÉTÉ AU CENTRE DE TOUTES LES INTRIGUES ET TU AS VISIBLEMENT SU EN TIRER PROFIT.
VIENS-EN AU FAIT, OBEYRON. QUE VEUX-TU ?
DIS-MOI POURQUOI ON M'A ENVOYÉ AUX SOUPIRS DANS UNE MISSION SUICIDE ?
QUI A VOULU ME TUER, IL Y A QUARANTE ANS ?
TOUT LE MONDE DÉSIRAIT TE VOIR MORT, À L'ÉPOQUE.
LE JUGE ADRAEL ÉTAIT LE SEUL À SUPPORTER TON COMPORTEMENT.
À PART LUI, QUASIMENT TOUS LES HOMMES QUI ONT CROISÉ TA ROUTE, PENDANT LA GUERRE OU APRÈS, AURAIENT AIMÉ T'ARRACHER LE CŒUR.
DONNE-MOI DES NOMS. ET PAS CEUX DES IDIOTS DE SOLDATS DONT TU ÉTAIS LE SERGENT... JE VEUX LES NOMS DES HOMMES QUI POSSÉDAIENT ASSEZ DE POUVOIR POUR MANIPULER LES JUGES ET M'ENVOYER À LA MORT.
LA LISTE RISQUE D'ÊTRE LONGUE.
TU TE SOUVIENS SÛREMENT D'ACHYLIEN, LE CAPITAINE DE LA CAVALERIE D'ARES.
TU L'AS SURPRIS EN TRAIN DE PILLER UNE TOMBE SACRÉE À LA FIN DE LA GUERRE... TU LUI AS EXPLIQUÉ À TA FAÇON LE RESPECT DÛ AUX LIEUX OÙ REPOSENT LES MORTS.
IL EN EST RESTÉ DÉFIGURÉ, ET MÊME S'IL VA SUR SES QUATRE-VINGTS ANS ET QU'IL DEVIENT SÉNILE, JE PEUX TE DIRE QU'IL NE T'A PAS OUBLIÉ. IL CRACHE SUR QUICONQUE PRONONCE TON NOM.
IL Y A AUSSI LOUTERAN, LE GRAND ARCHIVISTE D'ARES. IL AIMAIT SE SAOULER DANS TOUS LES TRIPOTS DE LA VILLE, À LA FIN DE LA GUERRE. IL RACONTAIT DES TAS D'HISTOIRES ET IL EN AVAIT DE TRÈS DRÔLES À TON SUJET...
UNE NUIT, TU LUI AS FAIT COMPRENDRE QUE TU N'APPRÉCIAIS PAS SES RAILLERIES, TU L'AS HUMILIÉ ET OBLIGÉ À MANGER SES PRÉCIEUX PARCHEMINS POUR ÉPONGER TOUT LE VIN QU'IL BUVAIT.
IL A ÉTÉ LA RISÉE DE LA VILLE PENDANT DES ANNÉES.
IL N'ÉTAIT PAS À LA HAUTEUR DE SA TÂCHE.
13

PERSONNE N'ÉTAIT ASSEZ BIEN POUR TOI.
ÉPARGNE-MOI TES COMMENTAIRES ET CONTINUE.
J'IMAGINE QUE TU N'AS PAS OUBLIÉ LE COMMANDANT HYPNARES.
IL EST MORT IL Y A UNE VINGTAINE D'ANNÉES. IL AURAIT TOUT DONNÉ POUR TE VOIR LA GORGE TRANCHÉE AU FOND D'UNE RUELLE. JE CROIS MÊME QU'AVANT QUE TU PARTES POUR LES SOUPIRS, IL AVAIT PAYÉ DES ASSASSINS POUR TE TUER.
QUAND NOUS COMBATTIONS EN GOTTLAND, ET MÊME APRÈS LA GUERRE, TU T'ES TOUJOURS OPPOSÉ À LUI. ET PUIS IL NE T'A JAMAIS PARDONNÉ DE LUI AVOIR BRISÉ UN DOIGT.
IL N'ARRÊTAIT PAS DE ME LE POSER SUR LA POITRINE. J'AI TOUJOURS DÉTESTÉ ÇA.
TU DÉTESTAIS AUSSI LE BARON DES VOLEURS D'ARES. LUI, TU L'AS POURSUIVI DANS TOUTE LA VILLE, TU AS BRÛLÉ SES DEMEURES ET MIS AU PILORI SES NEUF FILS SUR LES PLACES DE LA CITÉ. TU L'AS RUINÉ ET OBLIGÉ À SE RENDRE LA QUEUE ENTRE LES JAMBES.
IL EST ENCORE EN PRISON, MAIS MÊME SANS ARGENT, IL A TOUJOURS EU BEAUCOUP D'INFLUENCE DES DEUX CÔTÉS DE LA LOI ET DANS TOUTES LES PROVINCES DU CONTINENT.
IL EN VA DE MÊME POUR LES DEUX FRÈRES GEARSEN QUI GÉRAIENT LES LUPANARS DE LA RÉGION. QUAND TU AS DÉCOUVERT QU'ILS VENDAIENT L'HYMEN DE TRÈS JEUNES FILLES À DES HOMMES RICHES, TU LES AS ÉMASCULÉS AVANT DE LES LIVRER AUX JUGES. JE CROIS D'AILLEURS SAVOIR QU'ILS FAISAIENT VENIR LEURS VICTIMES DE LOINTAINES RÉGIONS COMME LA FORÊT DES SOUPIRS.
J'IMAGINE QUE TOUS CES HOMMES AURAIENT PU CAUSER TA PERTE.
TU PEUX AUSSI AJOUTER MON NOM ET CELUI D'ARAN À LA LISTE.
HEUREUSEMENT QUE TU LUI AS DEMANDÉ DE S'EN TENIR AUX PUISSANTS ET AUX FORTUNÉS. LE NOMBRE DE CEUX QUI TE HAÏSSAIENT AURAIT ÉTÉ BIEN PLUS IMPORTANT AUTREMENT...
LA QUESTION EST MAINTENANT DE SAVOIR CE QUE TU VAS FAIRE À CES HOMMES. N'ONT-ILS PAS DÉJÀ ASSEZ SOUFFERT D'AVOIR CROISÉ TA ROUTE ?
S'ILS SONT RESPONSABLES DE CE QUI NOUS EST ARRIVÉ, ILS DOIVENT MOURIR.
RESPONSABLES DE QUOI ?
ET SI TOUT ÉTAIT DE TA FAUTE ? SI CES HOMMES T'AVAIENT DÉTESTÉ DE BON DROIT ?
TU AS TOUJOURS PRÉFÉRÉ LA VIOLENCE AUX PAROLES.
J'ACCOMPLISSAIS MON DEVOIR D'INQUISITEUR, DANS L'HONNEUR ET TOUJOURS À DÉCOUVERT.

MAIS À QUI PARLES-TU ?
I'JAREN...
IL ÉTAIT LÀ...
IL N'Y A PERSONNE À PART TOI ET MOI DANS CE CLOAQUE.
I'JAREN EST... MORT.
J'AI SON SANG SUR LES MAINS.
MAIS IL ME SUIT ENCORE...
MON PÈRE PRÉTEND QUE DE TOUS LES MAGES QU'IL A RENCONTRÉS, C'EST TOI LE PLUS FORT. C'EST POUR ÇA QUE TU ES DEVENU L'UN DES PREMIERS INQUISITEURS DE L'ORDRE.
POURTANT, IL DIT AUSSI QUE TON POUVOIR NE VAUT PAS CELUI DU JUGE ADRAEL ET QUE LA PLUPART DES INQUISITEURS ONT UN DON PLUS PUISSANT QUE LE TIEN.
LA FORCE N'EST RIEN SANS L'INTELLIGENCE ET LA VOLONTÉ.
TON PÈRE RACONTE BEAUCOUP DE BÊTISES POUR UN ELFE, KHEL'SAREN.
MONTRE-NOUS TON POUVOIR, OBEYRON.
S'IL TE PLAÎT !
OUI, DE LA MAGIE !
OUI, MONTRE-NOUS TON POUVOIR...
MON POUVOIR ?
IL N'EST PAS TRÈS SPECTACULAIRE.
FAIRE APPARAÎTRE DES DOUBLES DE MOI, ÇA TIENT PLUS DE LA SORCELLERIE DE PACOTILLE QUE DE L'ART MAGIQUE. MAIS BON... LES INQUISITEURS NE CHOISISSENT PAS LEUR DON.
C'EST GENTIL POUR MOI...
15

AU COMBAT, ON NE SAIT QUI EST LE VRAI...
CECI DIT, UN MIRAGE DE SA PROPRE IMAGE PEUT PARFOIS S'AVÉRER BIEN UTILE.
... QUI EST LE FAUX.
ON PEUT AUSSI ESPIONNER, TRAQUER, LEURRER, TENTER QUELQUES COUPS RUSÉS.
PENDANT QUE L'UN SE MONTRE AU GRAND JOUR...
... L'AUTRE SE CACHE ET JOUE DE VILAINS TOURS.
AU LIT, TOUT LE MONDE. DEMAIN, NOUS PARTONS DÈS L'AUBE !
TU MONTES LA GARDE DEVANT NOTRE TENTE, HEIN ?
JE VEILLERAI SUR VOUS TOUS, PETIT. TU PEUX DORMIR TRANQUILLE.
AUX PROCHAINES VEILLÉES, IL FAUDRA UN PEU LÂCHER LES CHAUSSES À OBERON. LES INQUISITEURS SONT DES GENS SÉRIEUX !
D'ACCORD PAPA.
BONNE NUIT.
LES ENFANTS NE VOUS ENNUIENT PAS TROP, INQUISITEUR ?
NON, ROBEIT. ILS SONT CURIEUX, C'EST TOUT. ET EFFRAYÉS DE SE TROUVER ICI.
NOTRE VOYAGE COMMENCE À PEINE POURTANT. IL NOUS A FALLU TROIS MOIS POUR ATTEINDRE LA FORÊT DES SOUPIRS. IL NOUS EN FAUDRA UN DE PLUS POUR GAGNER SANS RISQUE LE CŒUR DE LA FORÊT.
J'AI PLUSIEURS LOINTAINS COUSINS QUI SERVENT LA CONFRÉRIE ROYALE DES CHÊNES. ILS NOUS AIDERONT.
ILS NE SONT PAS TOUS TRÈS HONNÊTES MAIS L'ARGENT NOUS ACHÈTERA LEURS SERVICES.
C'EST BIEN POUR CELA QUE LES JUGES VOUS VOULAIENT PARMI NOUS. ILS NE LAISSENT RIEN AU HASARD.. MAIS JE N'AIME QUAND MÊME PAS CETTE MISSION. NOUS SERIONS TOUS BIEN PLUS UTILES AILLEURS.
OÙ ? À ARES ? OÙ TU MASSACRES TOUS CEUX QUI SORTENT DU DROIT CHEMIN ?
OU DANS UNE AUTRE VILLE D'OSCITAN QUE TU POURRAIS METTRE AU PAS ? HÉLAS, AUCUNE GRANDE CITÉ NE VEUT D'UN INQUISITEUR COMME TOI.
AVANT NOTRE DÉPART, DANS UNE TAVERNE, J'AI MÊME SURPRIS DES SOLDATS QUI PARIAIENT SUR LA DATE DE TA MORT.
TU ES EN TRAIN DE TE FAIRE TELLEMENT D'ENNEMIS QU'ILS MISAIENT TOUS À COURTE ÉCHÉANCE.
SÉRIEUSEMENT ?
OUI, J'AI MIS CENT ÉCUS DANS LEUR CAGNOTTE EN PARIANT QUE TU LES ENTERRERAIS TOUS. JE RÉCUPÉRERAI PEUT-ÊTRE LA MISE DANS UN SIÈCLE OU DEUX...
16

SOYEZ LES BIENVENUS DANS LA FORÊT DES SOUPIRS.
NOUS VOUS ESCORTERONS JUSQU'AU DOMAINE DE NOTRE ROI, CHARLES DE ROMAN. IL TIENT À VOUS RENCONTRER. ENSUITE, VOUS SEREZ LIBRES D'ALLER OÙ BON VOUS SEMBLE.
PEU DE GENS VIENNENT AUX SOUPIRS OU DANS LES FORÊTS VOISINES DEPUIS QUE LA PAIX A ÉTÉ SIGNÉE PARTOUT.
QUELQUES FAMILLES D'AUTRES PROVINCES S'INSTALLENT PARFOIS DANS DES CLAIRIÈRES OU PRÈS DES COURS D'EAU, MAIS ELLES PRENNENT GARDE À NE JAMAIS S'ÉLOIGNER DES GRANDES ROUTES QUI TRAVERSENT NOS BOIS.
ET QU'EN EST-IL DES ÉMISSAIRES D'ARES QUI ONT ÉTÉ ENLEVÉS PAR UN DES CLANS VIVANT AU FIN FOND DES SOUPIRS ?
NOUS NOUS SOMMES RENSEIGNÉS À CE SUJET APRÈS LES NOMBREUX COURRIERS QUE NOUS ONT ENVOYÉS LES JUGES, MAIS NOUS N'AVONS RIEN APPRIS. HORMIS LES QUELQUES DISPARITIONS HABITUELLES, LES SOUPIRS SONT PAISIBLES CES TEMPS-CI.
HABITUELLES ?
LA FORÊT EST VASTE ET DANGEREUSE. DE PAUVRES GENS S'Y PERDENT TOUT LE TEMPS.
CERTAINS DISPARAISSENT POUR TOUJOURS, D'AUTRES RÉAPPARAISSENT PARFOIS BIEN PLUS TARD L'ESPRIT EMBRUMÉ PAR LA FOLIE. ILS RACONTENT QUE DES CRÉATURES IMAGINAIRES LES ONT SAUVÉS OU SE SONT AMUSÉES AVEC EUX PENDANT DES ANNÉES.
GNOMES, FÉES, LUTINS... BEAUCOUP DE GENS CROIENT EN EUX DE CE CÔTÉ DU MONDE. POUR MA PART, JE N'AI JAMAIS RIEN VU DE TEL, MES BONS SIRES.
ET LES DRAGONS NOIRS ?
CEUX-LÀ EXISTENT BEL ET BIEN, ET MOINS ON LES VOIT, MIEUX ON SE PORTE.
ILS NICHENT DEPUIS DES ANNÉES DANS DES GROTTES AU NORD DE LA FORÊT ET ON SE GARDE BIEN DE LES APPROCHER.

NOUS VOUS PRÉSENTONS LES HOMMAGES DES TROIS JUGES, ROI CHARLES.
JE LES REÇOIS AVEC GRATITUDE ET VOUS SOUHAITE LA BIENVENUE EN MA DEMEURE.
CEPENDANT, JE TIENS À VOUS DIRE QUE JE CONNAIS LA RAISON DE VOTRE PRÉSENCE. VOTRE DÉSIR D'UNIFORMISER TOUTES LES LOIS DES DEUX EMPIRES NE M'EST PAS INCONNU.
IL EST VRAI QU'UNE SEULE LOI PERMETTRAIT AUX PROVINCES D'OSCITAN DE PROSPÉRER DANS LA PAIX.
MAIS NOTRE VENUE SUR VOS TERRES EST AUSSI MOTIVÉE PAR LA DISPARITION DES ÉMISSAIRES ENVOYÉS PAR LES JUGES CETTE ANNÉE. C'EST POUR CELA QUE LE MAÎTRE INQUISITEUR OBEYRON NOUS ACCOMPAGNE.
JE CONNAIS VOTRE RÉPUTATION, INQUISITEUR. ON VOUS DIT SANS PITIÉ MAIS JUSTE. JE RESPECTE CELA.
TOUS MES GENS SONT À VOTRE SERVICE POUR VOUS AIDER, JE CRAINS CEPENDANT QUE VOUS NE PERDIEZ VOTRE TEMPS AVEC CETTE ENQUÊTE.
IL N'Y A LÀ QU'UNE MAUVAISE RUMEUR SANS DOUTE LANCÉE PAR NOS ANCIENS ENNEMIS POUR NOUS FAIRE DU TORT.
SI VOS PAROLES S'AVÈRENT FONDÉES, LES RESPONSABLES SERONT DUREMENT PUNIS. ILS APPRENDRONT DANS LE SANG À NE PAS ABUSER DU TEMPS ET DES RESSOURCES DE MON ORDRE.
VOILÀ UN HOMME COMME JE LES AIME !
FESTOYONS MAINTENANT ET PARTAGEONS QUELQUES RÉCITS DE GUERRE POUR MIEUX SAVOURER LA DOUCEUR DE LA PAIX.
J'AI PARLÉ AVEC UNE DIZAINE DE PERSONNES ET JE PEUX T'ASSURER QUE TOUTES N'ONT RIEN À CACHER ICI.
ROBEIT S'ENTRETIENT AVEC SON COUSIN, L'APPRENTI CARTOGRAPHE DE LA COUR. IL CONNAÎT BIEN LA FORÊT, IL NOUS GUIDERA DANS NOS RECHERCHES.
CES GENS SONT FIERS ET ORGUEILLEUX, MAIS ILS NE PARAISSENT COUPABLES D'AUCUNE FAUTE.
QUE COMPTES-TU FAIRE ?
ALLER PLUS LOIN DANS LA FORÊT ET TROUVER QUELQUES-UNS DE CES PRÉTENDUS CLANS DE SAUVAGEONS...

NOUS PROGRESSONS ENTRE CES COLLINES DEPUIS DES SEMAINES ET TOUJOURS PAS L'OMBRE D'UN SAUVAGE, GUIMEOR.
S'IL Y EN A, ILS SONT FORCÉMENT PAR LÀ, MAÎTRE INQUISITEUR. ILS N'ONT PAS PRIS PART À LA GUERRE ET VIVENT SELON LEURS RÈGLES DEPUIS DES SIÈCLES. ILS SONT DISCRETS ET N'ATTAQUENT JAMAIS PERSONNE.
ET JE CONTINUE À PENSER QUE NOUS AURIONS DÛ LAISSER LES VÔTRES AUPRÈS DU ROI CHARLES. DES FEMMES ET DES ENFANTS N'ONT RIEN À FAIRE LÀ.
NOTRE MISSION EST AUSSI DE NOUS ÉTABLIR ICI AVEC D'ÉVENTUELLES PEUPLADES ISOLÉES. SI NOUS VOULONS ÉVITER DE NOUVEAUX SIÈCLES DE GUERRE, IL FAUT UNIR NOS PEUPLES ET NOS CULTURES.
QU'Y A-T-IL À UNIR AVEC QUICONQUE DANS CETTE FORÊT ?
DES ENFANTS COMMENCENT À ÊTRE MALADES ET JE CROIS QUE DES LOUPS NOUS SUIVENT DEPUIS TROIS JOURS.
NOUS SOMMES À PLUS DE QUINZE JOURS DU CHÂTEAU DU ROI CHARLES ET DU MOINDRE VILLAGE. SI JAMAIS IL ARRIVE QUELQUE CHOSE, NOUS METTRONS TROP DE TEMPS À REBROUSSER CHEMIN.
TU M'ÉCOUTES ?
CETTE FOUTUE FORÊT EST ENCORE PLUS GRANDE QUE JE NE LE PENSAIS.
C'EST BIEN POUR ÇA QU'ELLE EST RESTÉE VIERGE PENDANT DES SIÈCLES.
IL N'Y A PAS QUE ÇA...
QUELQUE CHOSE NE VA PAS.
JE SUIS DÉSOLÉ, COUSIN...
NE T'EXCUSE PAS. CETTE FORÊT EST UN VÉRITABLE LABYRINTHE. SANS TOI, NOUS N'AURIONS PAS FAIT LE QUART DU CHEMIN DÉJÀ ACCOMPLI.
NON... JE SUIS DÉSOLÉ...
...POUR ÇA !
NON !
REGROUPEZ-VOUS ET ARMEZ-VOUS !

Y PARAÎT QUE LE COMMANDANT HEN'GONAR A DISPARU. IL N'ÉTAIT PAS À SON POSTE CE MATIN ET PERSONNE NE L'A TROUVÉ CHEZ LUI.
IL DOIT ÊTRE PINTÉ QUELQUE PART OU ENTRE LES JAMBES D'UNE CRUCHE QUI AIME L'UNIFORME.
NON, C'EST PAS SON GENRE.
IL NOUS FAUDRAIT UNE CHAMBRE POUR CE VIEUX PENDARD.
ON N'A PAS REÇU D'ORDRE À PROPOS DE NOUVEAUX ARRIVANTS AUJOURD'HUI.
BAM
BÂILLONNE CES HOMMES, PALURAN. ATTACHE LEURS LES MAINS ET GLISSE-LES DANS LE DOUBLE-FOND DE LA CHARRETTE.
JE RISQUE MA COUENNE COMME QUAND J'AVAIS VINGT ANS ET J'AIME PAS ÇA !
C'ÉTAIT PAS PLUS SIMPLE D'UTILISER UN PEU DE MAGIE POUR ENTRER ?
LA MAGIE A PRESQUE DISPARU ET J'AI DAVANTAGE CONFIANCE EN MES POINGS.
J'AI PLUS L'ÂGE DE JOUER À ÇA, OBEYRON...
TOI, TU VIEILLIS PAS, MAIS MOI, J'VAIS SUR MES SOIXANTE-DIX ANS.
ET MÊME SI J'AI JAMAIS ÉTÉ DE BON CONSEIL, LAISSE-MOI TE DIRE QU'ENTRER DANS UNE PRISON SANS AVOIR UN MOYEN D'EN SORTIR, C'EST PAS UNE GRANDE IDÉE.
NE T'INQUIÈTE PAS POUR MOI.
ATTENDS QUE J'AIE NEUTRALISÉ LES GARDES SUR LES REMPARTS ET VA-T'EN.
JE TE RETROUVERAI À LA MAISON D'IJAREN.

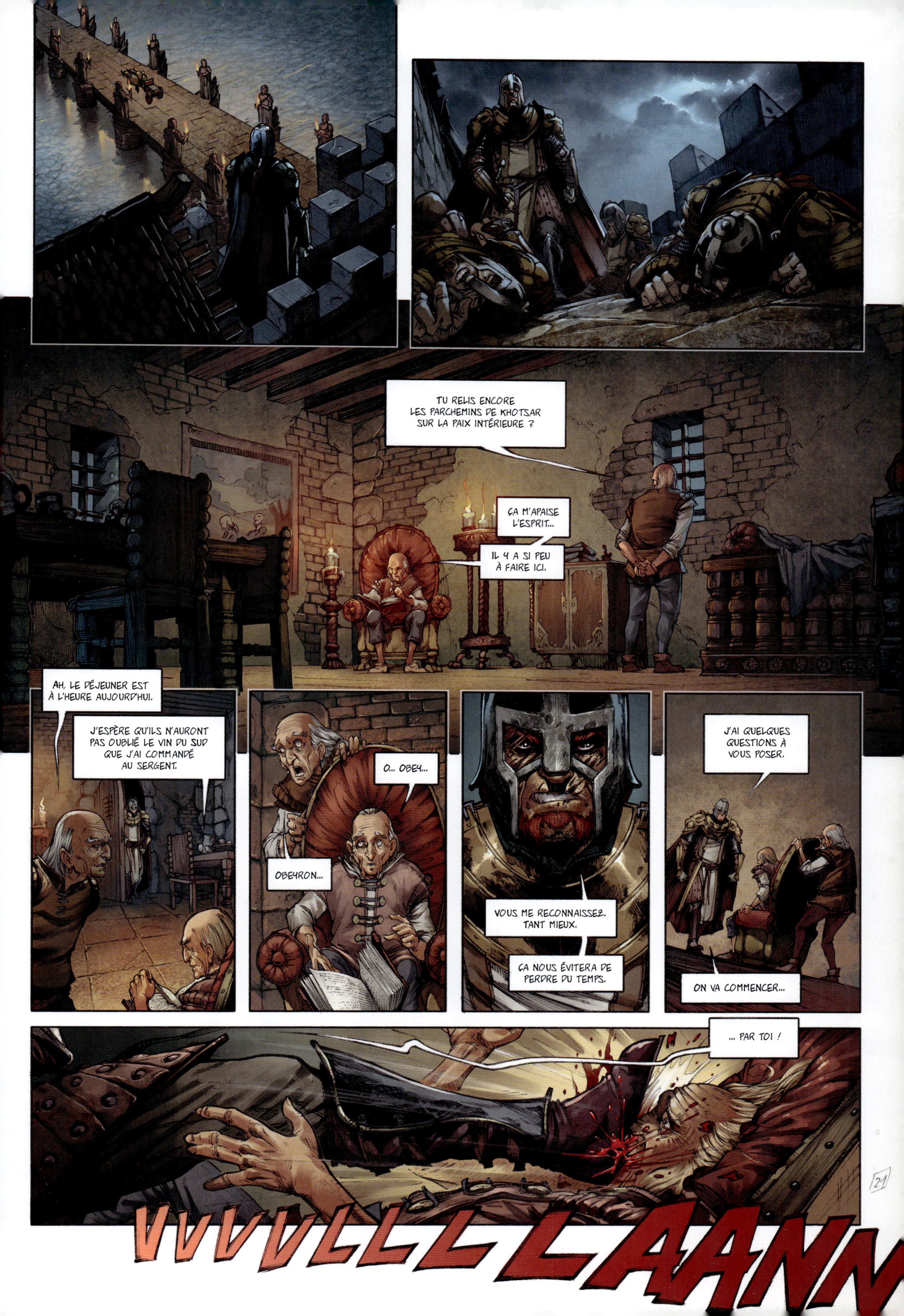
TU RELIS ENCORE LES PARCHEMINS DE KHOTSAR SUR LA PAIX INTÉRIEURE ?
ÇA M'APAISE L'ESPRIT...
IL Y A SI PEU À FAIRE ICI.
AH, LE DÉJEUNER EST À L'HEURE AUJOURD'HUI.
J'ESPÈRE QU'ILS N'AURONT PAS OUBLIÉ LE VIN DU SUD QUE J'AI COMMANDÉ AU SERGENT.
O... OBEY...
OBEYRON...
VOUS ME RECONNAISSEZ. TANT MIEUX.
ÇA NOUS ÉVITERA DE PERDRE DU TEMPS.
J'AI QUELQUES QUESTIONS À VOUS POSER.
ON VA COMMENCER...
... PAR TOI !
VVVVVLLLLLAANN
21

TU AS COUPÉ LES COUILLES DE CES DEUX HOMMES AUTREFOIS.
TU AS DÛ HANTER LEURS CAUCHEMARS DEPUIS, ET VOILÀ QUE MAINTENANT TU ABRÈGES LEUR ESPÉRANCE DE VIE.
ILS VENDAIENT DES ENFANTS À TOUTES LES VERGES FORTUNÉES DE LA RÉGION.
ET ILS PAYAIENT PAISIBLEMENT LEUR FAUTE JUSQU'À CE QUE TU APPARAISSES DANS LEUR CACHOT.
KOF KOF
HEU
CACHOT ? AS-TU VU CETTE CELLULE ? L'OR QUE POSSÉDAIENT CES ORDURES LEUR A PERMIS D'ACHETER TOUTES SORTES DE PRIVILÈGES DEPUIS QUARANTE ANS !
IL EN EST AINSI DANS TOUTES LES PRISONS. ET PUIS PEU IMPORTE, JUSTICE AVAIT ÉTÉ RENDUE À L'ÉPOQUE. CE QUE TU VIENS DE LEUR INFLIGER AUJOURD'HUI EST INJUSTIFIÉ.
LAISSE-MOI, JE FAIS ÇA POUR NOUS. POUR TOUS CEUX QUI SONT MORTS AUX SOUPIRS. JE VEUX QUE LEURS ASSASSINS SACHENT QUE JE SUIS DE RETOUR.
NON, TU FAIS ÇA POUR TOI. PARCE QUE TU AS SURVÉCU, PARCE QUE TU TE SENS COUPABLE... PARCE QUE TU PERDS L'ESPRIT, ET PARCE QUE TU AS BESOIN DE QUELQU'UN À PUNIR.
LAISSE-MOI !
JE DIS ÇA POUR T'AIDER. TU PARLES À UN FANTÔME APRÈS TOUT.
LES GEARSEN VIENNENT DE RÉPONDRE À TOUTES TES QUESTIONS ET TU SAIS MAINTENANT QU'ILS N'AVAIENT RIEN À VOIR AVEC NOTRE MISSION AUX SOUPIRS. ILS ONT JUSTE ENVOYÉ UN PEU D'OR LÀ-BAS EN ESPÉRANT QUE DES BRIGANDS T'Y COUPERAIENT LA GORGE. MAIS LA MOITIÉ DES HOMMES DE CETTE PRISON ONT FAIT DE MÊME.
TU LES A MASSACRÉS POUR RIEN. ILS RESPIRENT ENCORE. MAIS POUR COMBIEN DE TEMPS ?
QU'EST-CE QUE TU VAS FAIRE MAINTENANT ? VISITER LA CELLULE DU BARON DES VOLEURS ?
TU CROIS QU'IL EST RESPONSABLE DE CE QUI NOUS EST ARRIVÉ ?
IL DOIT AVOIR QUATRE-VINGTS ANS. TU VAS LUI FAIRE AVALER SES DERNIÈRES DENTS, À LUI AUSSI ?
IL AURAIT DÛ ÊTRE EXÉCUTÉ IL Y A DES ANNÉES.
CLAK
22

TU TE SOUVIENS DE MOI ?
MAMAN ?
TU M'AS APPORTÉ DU LAIT ?
EST-CE QUE TU AS AUSSI PRIS DES FIGUES AU MARCHÉ, MAMAN ?
CE PAUVRE BARON DES VOLEURS A PERDU L'ESPRIT, LUI AUSSI...
MON PAUVRE OBEYRON, TU AURAIS DÛ REVENIR À LA CIVILISATION AVANT QU'IL NE DEVIENNE SÉNILE.
QUE LA ROUTE EST LONGUE POUR VENIR DANS VOTRE BELLE CITÉ, JUGES. MÊME APRÈS TANT D'ANNÉES, JE NE M'Y FAIS TOUJOURS PAS.
NOUS SOMMES RAVIS DE VOUS RECEVOIR, SEIGNEUR GUIMEOR
ET IMPATIENTS DE DÉCOUVRIR TOUTES LES CARTES ET LES NOUVELLES QUE VOUS NOUS APPORTEZ EN PERSONNE.
C'EST MOI QUI SUIS RAVI. VOUS ÊTES SI GÉNÉREUX QUAND IL S'AGIT DE DÉPENSER VOTRE ARGENT POUR MON TRAVAIL.
ET COMMENT VA VOTRE ROI ?
LA SANTÉ DU VIEUX CHARLES DÉCLINE. IL SEMBLE ARRIVÉ AU BOUT DE SA LONGUE VIE, MAIS SON CŒUR EST TOUJOURS FOUGUEUSEMENT ÉPRIS D'INDÉPENDANCE.
JE DOIS VOUS AVOUER QU'IL APPRÉCIE DE MOINS EN MOINS MES VENUES ICI. IL N'A DONNÉ SON ACCORD À MON EXPÉDITION QUE PARCE QUE VOUS AVEZ INSISTÉ.
IL EST UN SUJET DE L'EMPEREUR COMME DE L'IMPÉRATRICE. ET NOUS SOMMES TOUS DES INSTRUMENTS DE LA PAIX.
NOUS ŒUVRONS POUR LE BIEN COMMUN.
QUE CELA PLAISE OU NON AU ROI CHARLES.
23

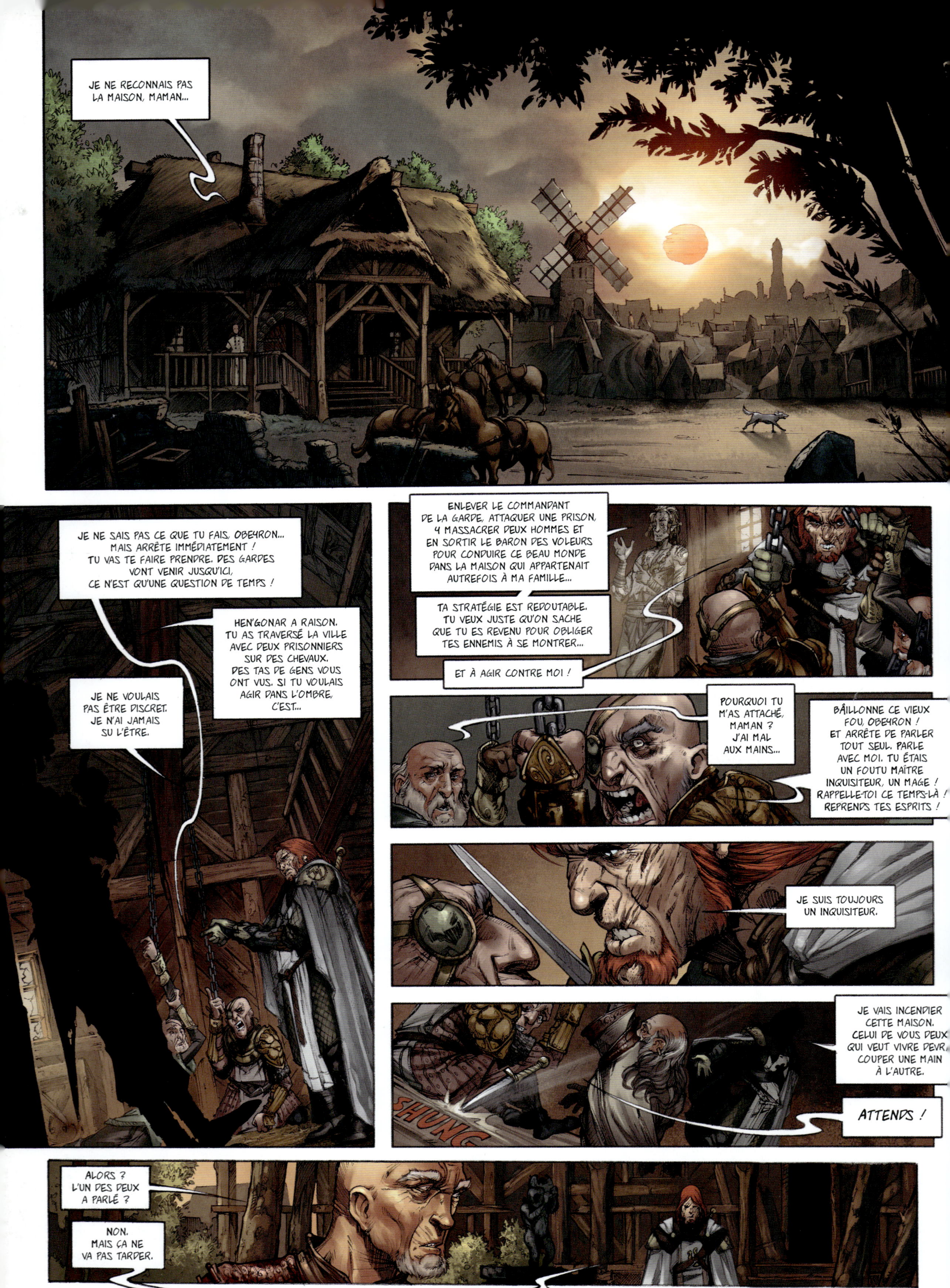
JE NE RECONNAIS PAS LA MAISON, MAMAN...
JE NE SAIS PAS CE QUE TU FAIS, OBEYRON... MAIS ARRÊTE IMMÉDIATEMENT ! TU VAS TE FAIRE PRENDRE. DES GARDES VONT VENIR JUSQU'ICI, CE N'EST QU'UNE QUESTION DE TEMPS !
HEN'GONAR A RAISON. TU AS TRAVERSÉ LA VILLE AVEC DEUX PRISONNIERS SUR DES CHEVAUX. DES TAS DE GENS VOUS ONT VUS. SI TU VOULAIS AGIR DANS L'OMBRE, C'EST...
JE NE VOULAIS PAS ÊTRE DISCRET. JE N'AI JAMAIS SU L'ÊTRE.
ENLEVER LE COMMANDANT DE LA GARDE, ATTAQUER UNE PRISON, Y MASSACRER DEUX HOMMES ET EN SORTIR LE BARON DES VOLEURS POUR CONDUIRE CE BEAU MONDE DANS LA MAISON QUI APPARTENAIT AUTREFOIS À MA FAMILLE...
TA STRATÉGIE EST REDOUTABLE. TU VEUX JUSTE QU'ON SACHE QUE TU ES REVENU POUR OBLIGER TES ENNEMIS À SE MONTRER...
ET À AGIR CONTRE MOI !
POURQUOI TU M'AS ATTACHÉ, MAMAN ? J'AI MAL AUX MAINS...
BÂILLONNE CE VIEUX FOU, OBEYRON ! ET ARRÊTE DE PARLER TOUT SEUL. PARLE AVEC MOI. TU ÉTAIS UN FOUTU MAÎTRE INQUISITEUR, UN MAGE ! RAPPELLE-TOI CE TEMPS-LÀ ! REPRENDS TES ESPRITS !
JE SUIS TOUJOURS UN INQUISITEUR.
SHUNG
JE VAIS INCENDIER CETTE MAISON. CELUI DE VOUS DEUX QUI VEUT VIVRE DEVR COUPER UNE MAIN À L'AUTRE.
ATTENDS !
ALORS ? L'UN DES DEUX A PARLÉ ?
NON. MAIS ÇA NE VA PAS TARDER.

TU N'ES PAS AUSSI SÉNILE QU'IL Y PARAÎT, BARON.
TU RECONNAIS CETTE ARME ? TOUS LES INQUISITEURS EN POSSÈDENT UNE.
TON ÉPÉE DU JUSTE EST SCELLÉE PAR DES SORTS, ELLE NE PEUT BLESSER QUE LES COUPABLES DES CRIMES QUE TU ÉNONCES.
LES RUNES GRAVÉES SUR MA LAME M'IMPOSENT DES LIMITES, MAIS ELLES NE M'EMPÊCHENT PAS D'ÊTRE IMAGINATIF. SURTOUT MAINTENANT QUE JE SAIS DE QUOI TU ES ENCORE CAPABLE POUR SURVIVRE. JE PEUX T'ACCUSER D'AVOIR COUPÉ LA MAIN D'UN HOMME À L'INSTANT.
OBEYRON... FILS DE...
PALURAN, FAIS UN GARROT À HEN'GONAR. IL NE DOIT PAS MOURIR.
BOM
BARON DES VOLEURS, JE T'ACCUSE D'AVOIR PARTICIPÉ À UN COMPLOT POUR M'ENVOYER À LA MORT IL Y A QUARANTE ANS.
L'ÉPÉE FAIT COULER TON SANG.
TU ES COUPABLE. ET TU VAS PARLER.

JE TRAVAILLE SUR CES CARTES DEPUIS PLUS DE DIX ANS. ELLES RECENSENT TOUS LES CHEMINS TRAVERSANT LA FORÊT DES SOUPIRS, LES COURS D'EAU, LES PLACES FORTES ET LES BÂTIMENTS D'IMPORTANCE QUI SE TROUVENT SUR NOS TERRES.
AUCUN DE MES ANCÊTRES CARTOGRAPHES N'A JAMAIS EU EN SA POSSESSION DES DOCUMENTS AUSSI COMPLETS.
UN TRÉSOR INESTIMABLE QUI VA NOUS PERMETTRE DE RELIER TOUTES LES ROUTES ENTRE ELLES ET DE FORTIFIER LES LIENS ENTRE LA FORÊT ET LES PROVINCES VOISINES.
LE ROI CHARLES M'A CHARGÉ DE VOUS DIRE QU'IL EXIGERA UN IMPÔT ET UN DROIT DE PASSAGE SUR LES FUTURS CHEMINS QUE VOUS COMPTEZ DESSINER SUR CES CARTES.
LES ROIS VIVENT MOINS LONGTEMPS QUE NOUS AUTRES, LES MAGES. CE QUE NOUS ACCOMPLISSONS ICI S'ACHÈVERA PEUT-ÊTRE DANS UN SIÈCLE. ESPÉRONS QUE LES HÉRITIERS DU ROI CHARLES SAURONT SE MONTRER PLUS RAISONNABLES QUE LEUR PÈRE.
LES PEUPLES DES FORÊTS ONT L'INDÉPENDANCE CHEVILLÉE AU CORPS, MESSIRES. SUR NOS LOINTAINES TERRES, IL SE TROUVE ENCORE BEAUCOUP DE GENS OPPOSÉS À VOTRE RÊVE DE DEUX EMPIRES UNIS PAR LES LOIS.
NOUS NE LE SAVONS QUE TROP BIEN, MAIS NOUS AVONS POUR MISSION DE PRÉSERVER LA PAIX PAR TOUS LES MOYENS. LE COMMERCE COMME LA LOI NOUS GARANTISSENT DES TEMPS PAISIBLES ET IL NOUS FAUT DES ROUTES POUR LES VOIR PROSPÉRER.
NOTRE ORDRE EST AU SERVICE DES DEUX EMPIRES ET VOTRE ROI N'EST QUE LE VASSAL D'AQUILON ET ASSINYA. SI POUR LE BIEN DE TOUS, IL FAUT DÉFRICHER LA MOITIÉ DE VOS FORÊTS NOUS LE FERONS.
ET LE ROI CHARLES DE ROMAN ÉCOUTERA LA VOIX DE LA RAISON.
JE SUIS DE TOUT CŒUR AVEC VOUS. RIEN NE FERAIT PLUS GRAND BIEN À LA FORÊT DES SOUPIRS QUE D'Y FAIRE ENTRER UN PEU DE CIVILISATION.
REVENONS-EN À CES DRAGONS NOIRS. TOUS NOS RAPPORTS NOUS INDIQUENT QU'ILS EMPÊCHENT L'EXPANSION DES COLONIES QUE NOUS ESSAYONS D'INSTALLER DEPUIS DES ANNÉES.
C'EST HÉLAS LE CAS.
AVEZ-VOUS ESTIMÉ LEUR POPULATION ?
NOUS PENSONS QU'IL Y A ENTRE QUATRE ET SIX MILLE BÊTES DANS TOUT LE NORD DE LA FORÊT. ELLES VIVENT DISPERSÉES EN PLUSIEURS MEUTES.
NOUS AVONS EMPOISONNÉ BEAUCOUP DE POINTS D'EAU POUR NOUS DÉBARRASSER DE CES MONSTRES, MAIS ILS SE REPRODUISENT VITE. ILS SONT COMME DES LOUPS.
LE POISON RÉDUIT LEUR NOMBRE ANNÉE APRÈS ANNÉE, MAIS IL FAIT AUSSI DES RAVAGES PARMI LES AUTRES ESPÈCES ANIMALES, ET EN CONSÉQUENCE, LES DRAGONS SONT OBLIGÉS D'ÉLARGIR LEUR TERRITOIRE DE CHASSE POUR SE NOURRIR.
26

CETTE ANNÉE, DEUX PETITS VILLAGES ONT ÉTÉ ATTAQUÉS LE LONG D'UNE RIVIÈRE RECULÉE.
N'Y AVAIT-IL PERSONNE POUR LES PROTÉGER ?
NOUS PARLONS LÀ DE SAUVAGES SANS SEIGNEURS QUI VIVENT SELON D'ANCIENNES COUTUMES, DES GENS DE RIEN, RASSUREZ-VOUS.
TOUTE VIE EST PRÉCIEUSE, SEIGNEUR GUIMEOR ET C'EST AUSSI POUR CES MALHEUREUX QUE NOUS VOULONS DES LOIS ET DES ROUTES.
J'ATTACHE TROP D'IMPORTANCE AUX GRANDS PROJETS ET J'OUBLIE PARFOIS LES PETITES GENS, MAIS JE TRAVAILLE DEPUIS LONGTEMPS SUR UNE POTION PERMETTANT D'ÉCHAPPER AUX DRAGONS NOIRS. MON ENTREPRISE AIDERA BIEN DES BOUGRES SUR NOS TERRES ET ME PERMETTRA DE FAIRE FORTUNE.
L'ARGENT EST VOTRE GRANDE FAIBLESSE, GUIMEOR.
OUBLIONS CELA.
ET EN CE QUI CONCERNE LA MAGIE ?
EN AVEZ-VOUS DÉTECTÉ DES TRACES DANS LES ANCIENS LIEUX DE CULTE ET DE POUVOIR ?
RIEN, MES HOMMES ET MOI N'AVONS RIEN TROUVÉ, JUGE ADRAEL. COMME VOUS LE PRESSENTIEZ, IL SEMBLE QUE LA MAGIE DISPARAISSE DE CE MONDE.
CETTE FOIS, IL S'EST ÉVANOUI POUR DE BON...
APRÈS TOUS LES OS QUE TU VIENS DE LUI CASSER, JE DOUTE QU'IL SOIT ENCORE CAPABLE DE CAUSER.
TU RÉALISES QUE TU N'AS JAMAIS SU ENQUÊTER SUR UN CRIME SANS RECOURIR À LA TORTURE ?
LA VIOLENCE RÈGLE LA PLUPART DES SITUATIONS PLUS VITE QUE L'ESPRIT.
LES AUTRES INQUISITEURS USENT DE LEUR INTELLIGENCE OU DE LEUR DON POUR ACCOMPLIR LEUR DEVOIR. ET NOUS, LES ELFES, NOUS LES AIDONS À REMONTER LES BONNES PISTES. C'EST DANS L'ORDRE DES CHOSES.
LES AUTRES INQUISITEURS ONT TOUJOURS ÉTÉ PLUS FLEXIBLES QUE MOI SUR DES TAS DE QUESTIONS.

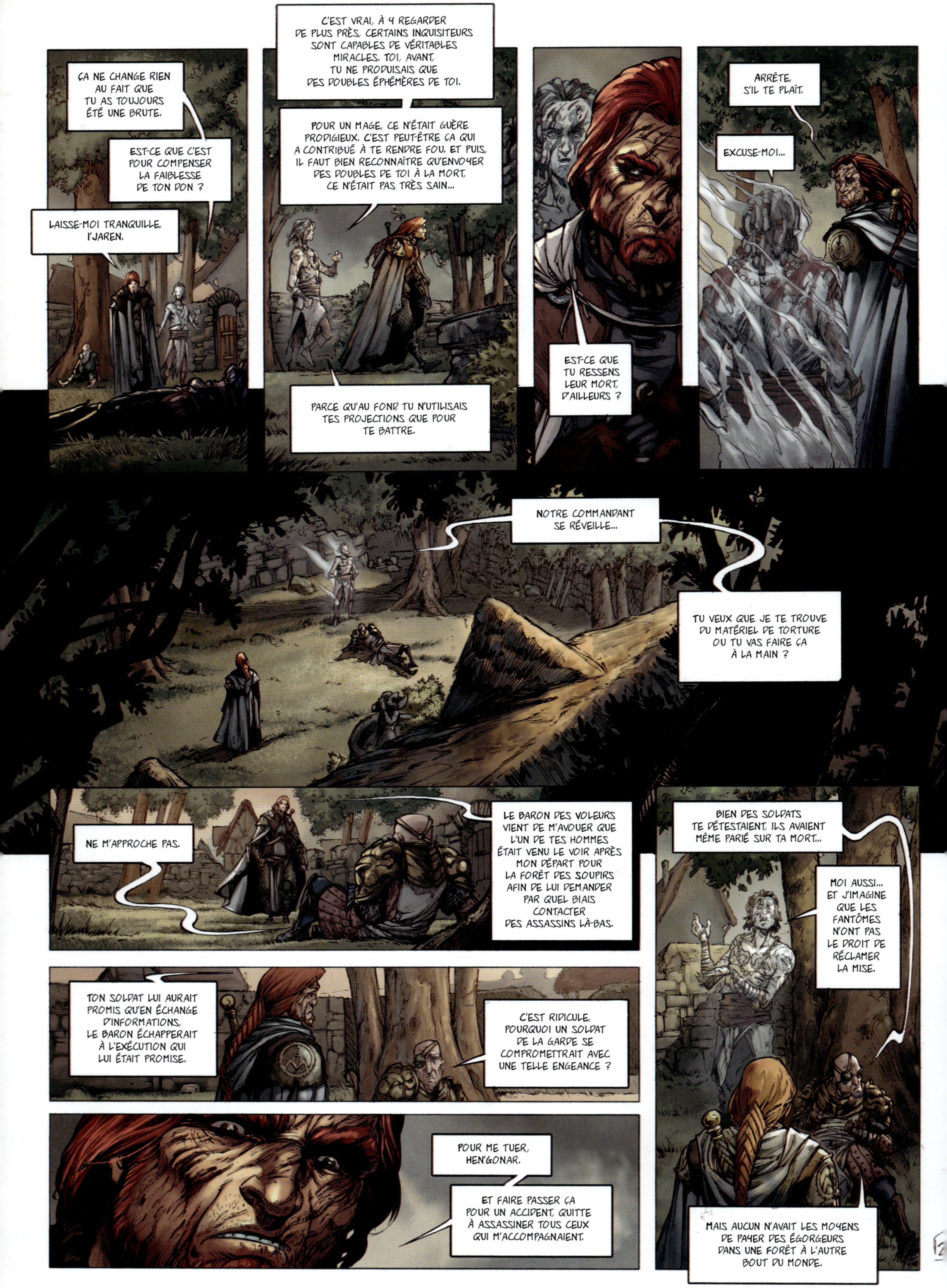
ÇA NE CHANGE RIEN AU FAIT QUE TU AS TOUJOURS ÉTÉ UNE BRUTE.
EST-CE QUE C'EST POUR COMPENSER LA FAIBLESSE DE TON DON ?
LAISSE-MOI TRANQUILLE, I'JAREN.
C'EST VRAI, À Y REGARDER DE PLUS PRÈS, CERTAINS INQUISITEURS SONT CAPABLES DE VÉRITABLES MIRACLES. TOI, AVANT, TU NE PRODUISAIS QUE DES DOUBLES ÉPHÉMÈRES DE TOI.
POUR UN MAGE, CE N'ÉTAIT GUÈRE PRODIGIEUX. C'EST PEUT-ÊTRE ÇA QUI A CONTRIBUÉ À TE RENDRE FOU. ET PUIS, IL FAUT BIEN RECONNAÎTRE QU'ENVOYER DES DOUBLES DE TOI À LA MORT, CE N'ÉTAIT PAS TRÈS SAIN...
PARCE QU'AU FOND, TU N'UTILISAIS TES PROJECTIONS QUE POUR TE BATTRE.
EST-CE QUE TU RESSENS LEUR MORT, D'AILLEURS ?
ARRÊTE, S'IL TE PLAÎT.
EXCUSE-MOI...
NOTRE COMMANDANT SE RÉVEILLE...
TU VEUX QUE JE TE TROUVE DU MATÉRIEL DE TORTURE OU TU VAS FAIRE ÇA À LA MAIN ?
NE M'APPROCHE PAS.
LE BARON DES VOLEURS VIENT DE M'AVOUER QUE L'UN DE TES HOMMES ÉTAIT VENU LE VOIR APRÈS MON DÉPART POUR LA FORÊT DES SOUPIRS AFIN DE LUI DEMANDER PAR QUEL BIAIS CONTACTER DES ASSASSINS LÀ-BAS.
TON SOLDAT LUI AURAIT PROMIS QU'EN ÉCHANGE D'INFORMATIONS, LE BARON ÉCHAPPERAIT À L'EXÉCUTION QUI LUI ÉTAIT PROMISE.
C'EST RIDICULE, POURQUOI UN SOLDAT DE LA GARDE SE COMPROMETTRAIT AVEC UNE TELLE ENGEANCE ?
POUR ME TUER, HEN'GONAR.
ET FAIRE PASSER ÇA POUR UN ACCIDENT, QUITTE À ASSASSINER TOUS CEUX QUI M'ACCOMPAGNAIENT.
BIEN DES SOLDATS TE DÉTESTAIENT, ILS AVAIENT MÊME PARIÉ SUR TA MORT...
MOI AUSSI... ET J'IMAGINE QUE LES FANTÔMES N'ONT PAS LE DROIT DE RÉCLAMER LA MISE.
MAIS AUCUN N'AVAIT LES MOYENS DE PAYER DES ÉGORGEURS DANS UNE FORÊT À L'AUTRE BOUT DU MONDE.

TU ES EN PLEIN DÉLIRE.
TOUT LE MONDE SAIT CE QUI VOUS EST ARRIVÉ LÀ-BAS, TOUTE LA VILLE EN A PARLÉ PENDANT DES SEMAINES ! DES DRAGONS NOIRS ONT MIS EN PIÈCES LE CONVOI QUE TU DEVAIS PROTÉGER. PERSONNE N'A ESSAYÉ DE VOUS TUER.
REGARDE CETTE CICATRICE. JE L'AI GAGNÉE LA NUIT OÙ LES DRAGONS ONT ATTAQUÉ. CE N'EST PAS UNE BÊTE QUI M'A FAIT ÇA, MAIS UNE POINTE DE FLÈCHE.
C'ÉTAIT UN PIÈGE ! IL FAUT ATTRAPER GUIMEOD !
TROUVONS D'ABORD UN ABRI !
FUUT
LES DRAGONS N'ATTAQUENT PAS LE CARTOGRAPHE ET SES HOMMES !
ATTENTION !
RECULEZ !
29

LA FLÈCHE EST EMPOISONNÉE...
JE SENS DÉJÀ MES FORCES ME QUITTER.
TIENS BON ! ON A BESOIN DE TOI !
NE RALENTISSEZ PAS. SAUTEZ !
NON !

30

I'JAREN...
...

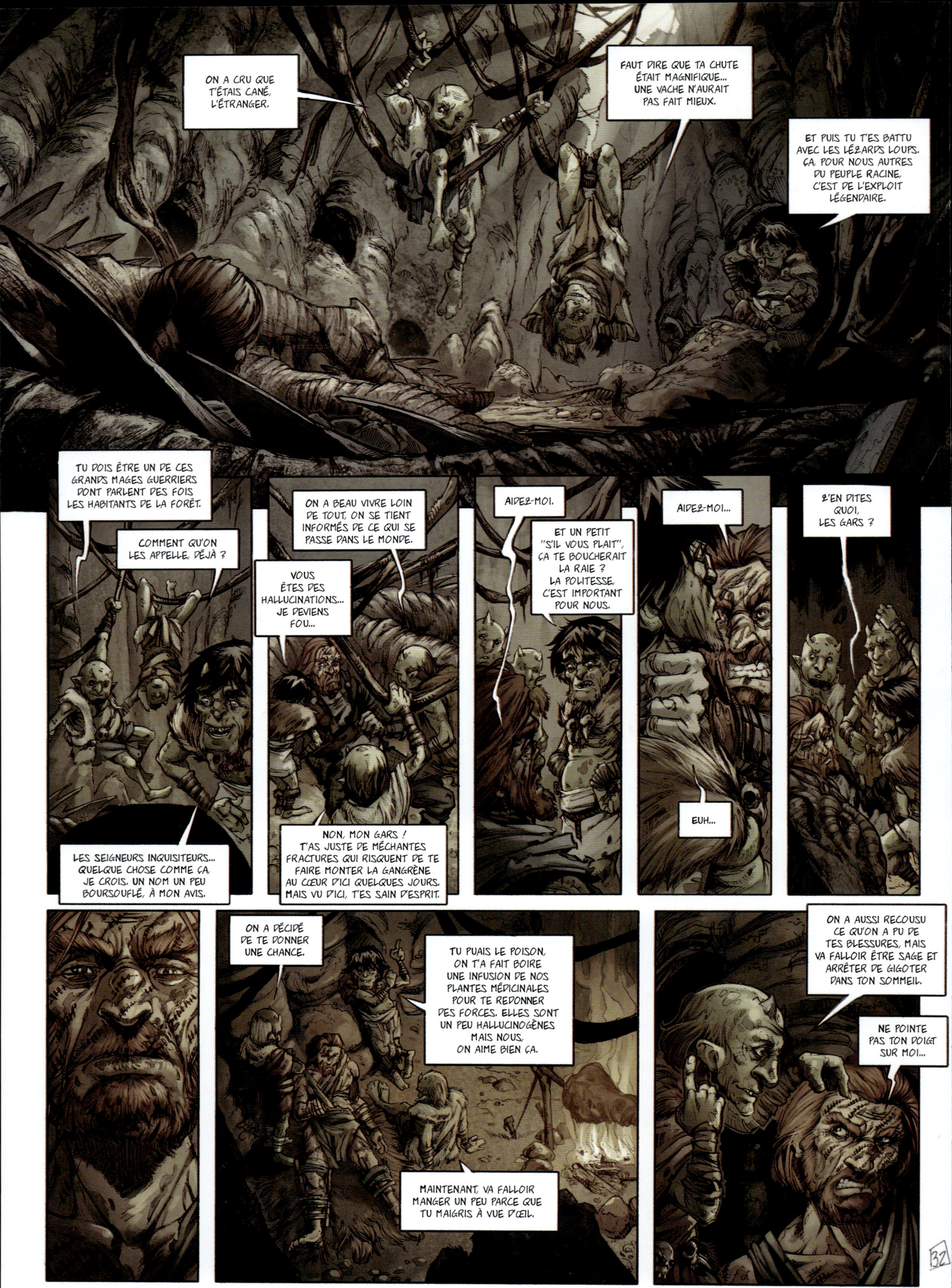
ON A CRU QUE T'ÉTAIS CANÉ, L'ÉTRANGER.
FAUT DIRE QUE TA CHUTE ÉTAIT MAGNIFIQUE... UNE VACHE N'AURAIT PAS FAIT MIEUX.
ET PUIS TU T'ES BATTU AVEC LES LÉZARDS LOUPS. ÇA, POUR NOUS AUTRES DU PEUPLE RACINE, C'EST DE L'EXPLOIT LÉGENDAIRE.
TU DOIS ÊTRE UN DE CES GRANDS MAGES GUERRIERS DONT PARLENT DES FOIS LES HABITANTS DE LA FORÊT.
COMMENT QU'ON LES APPELLE, DÉJÀ ?
LES SEIGNEURS INQUISITEURS... QUELQUE CHOSE COMME ÇA, JE CROIS. UN NOM UN PEU BOURSOUFLÉ, À MON AVIS.
ON A BEAU VIVRE LOIN DE TOUT, ON SE TIENT INFORMÉS DE CE QUI SE PASSE DANS LE MONDE.
VOUS ÊTES DES HALLUCINATIONS... JE DEVIENS FOU...
NON, MON GARS ! T'AS JUSTE DE MÉCHANTES FRACTURES QUI RISQUENT DE TE FAIRE MONTER LA GANGRÈNE AU CŒUR D'ICI QUELQUES JOURS. MAIS VU D'ICI, T'ES SAIN D'ESPRIT.
AIDEZ-MOI.
ET UN PETIT "S'IL VOUS PLAIT", ÇA TE BOUCHERAIT LA RAIE ? LA POLITESSE, C'EST IMPORTANT POUR NOUS.
AIDEZ-MOI...
EUH...
Z'EN DITES QUOI, LES GARS ?
ON A DÉCIDÉ DE TE DONNER UNE CHANCE.
TU PUAIS LE POISON, ON T'A FAIT BOIRE UNE INFUSION DE NOS PLANTES MÉDICINALES POUR TE REDONNER DES FORCES. ELLES SONT UN PEU HALLUCINOGÈNES MAIS NOUS, ON AIME BIEN ÇA.
MAINTENANT, VA FALLOIR MANGER UN PEU PARCE QUE TU MAIGRIS À VUE D'ŒIL.
ON A AUSSI RECOUSU CE QU'ON A PU DE TES BLESSURES, MAIS VA FALLOIR ÊTRE SAGE ET ARRÊTER DE GIGOTER DANS TON SOMMEIL.
NE POINTE PAS TON DOIGT SUR MOI...
32

QU'EST-CE QUE VOUS FAITES ?
DÉTENDS-TOI, LE MAGE... ON T'ENDUIT JUSTE D'OVAIRES DE DRAGON. CELUI QUE T'AS TUÉ, C'ÉTAIT UNE FEMELLE. SI LES LÉZARDS TE RENIFLENT, ILS TE LAISSERONT TRANQUILLE.
ILS SONT VORACES MAIS PAS MALINS. DÈS QU'ILS SENTENT L'ODEUR DE LEURS FEMELLES SUR QUELQU'UN, ILS PASSENT LEUR CHEMIN.
C'EST UN SECRET BIEN GARDÉ. À PART NOUS ET QUELQUES HOMMES DES BOIS, Y A PAS GRAND MONDE QUI SAIT ÇA PAR ICI.
J'AI DORMI COMBIEN DE TEMPS ?
TROIS JOURS OU TROIS SEMAINES ? TROIS MOIS PEUT-ÊTRE ? JE SAIS PAS TROP...
ON N'A PAS VRAIMENT LA NOTION DU TEMPS.
ET TANT QUE T'ES RÉVEILLÉ, FAUDRAIT QUE TU NOUS EXPLIQUES COMMENT ÇA SE FAIT QU'ON AIT VU UN DOUBLE DE TOI RAMPER HORS DE LA GROTTE EN TRAÎNANT SES JAMBES CASSÉES DERRIÈRE LUI.
UN DOUBLE DE MOI ?
C'ÉTAIT SÛREMENT UNE ÉMANATION INCONTRÔLÉE DE MON POUVOIR.
FAUT TE CONTRÔLER UN PEU MIEUX, PARCE QUE SI TON JUMEAU REMONTE LÀ-HAUT, IL VA SE FAIRE PLUMER PAR LES HOMMES QU'ON A VUS PASSER À LA DERNIÈRE PLEINE LUNE.
QUELS HOMMES ?
UN GROS CHAUVE ET TROIS AUTRES VILAINS AVEC DES GUEULES D'ASSASSINS. ILS RÔDAIENT SANS DOUTE PAS DANS LE COIN POUR CUEILLIR DES FLEURS.
JE DOIS LES TROUVER... ET LES PUNIR. ILS ONT CONDUIT MON CONVOI JUSQU'ICI POUR TOUS NOUS TUER. ILS M'ONT PIÉGÉ.
POURQUOI MENER DES GENS AUSSI LOIN POUR QU'ILS Y MEURENT ? C'EST STUPIDE.
OU ALORS, C'EST INTELLIGENT. LES LÉZARDS SE CHARGENT DE LA BESOGNE ET ÇA PASSE POUR UN ACCIDENT.
JE CROIS QU'ILS VOULAIENT MA PEAU ET CELLE DE MON ELFE.
JE LES TUERAI TOUS...
LA VIOLENCE ENFANTE LA VIOLENCE. MOI, SI J'ÉTAIS TOI, JE PRENDRAIS LE TEMPS DE RÉFLÉCHIR À CE QUI T'A CONDUIT DANS CETTE CREVASSE PARCE QUE T'AS DÛ MENER UNE TRÈS MAUVAISE VIE POUR MÉRITER TON SORT.
JE SUIS UN INQUISITEUR... JE SERS LA JUSTICE ET LA VIOLENCE EST MON ARME.
T'IRAS PAS LOIN AVEC UNE PHILOSOPHIE PAREILLE. LE MONDE EST PLUS EN GUERRE, MON GARS !
33

C'EST LE GRAND JOUR, TU VAS VRAIMENT QUITTER NOTRE REFUGE ?
MAINTENANT QUE MES FORCES SONT REVENUES, JE DOIS AGIR.
MOI, JE TROUVE QUE T'AS PAS ASSEZ MÉDITÉ SUR LA VIOLENCE QUI A RÉGI TA VIE JUSQU'À PRÉSENT.
LAISSEZ-LE TRANQUILLE, IL DOIT EN AVOIR ASSEZ DE CROUPIR AU FOND DE NOTRE CREVASSE ET DE BECQUETER DE LA VIANDE DE LIMACE ET DES HERBES.
J'ADORE TE VOIR UTILISER TON POUVOIR !
MOI, JE TROUVE QU'IL FAIT UN PEU SORCIER AU RABAIS.
PEUT-ÊTRE, MAIS AVEC UN DON PAREIL, ON DOIT POUVOIR FAIRE DE SACRÉS TOURS DE COCHON !
T'AS L'AIR DÉÇU, MAIS FALLAIT PAS ESPÉRER RETROUVER LES CORPS DE TES AMIS. LES LÉZARDS LAISSENT RIEN DERRIÈRE EUX APRÈS UNE BONNE RIPAILLE.
LES HOMMES ONT UNE EXPRESSION POUR ÇA. C'EST L'ESPOIR FAIT RIRE, NON ?
NON, JE CROIS QUE C'EST L'ESPOIR FAIT SUIVRE. ÇA VEUT DIRE QU'IL FAUT JAMAIS ABANDONNER.
VOUS POUVEZ VOUS TAIRE UN INSTANT ?
EXCUSE-NOUS, MESSIRE LA JUSTICE. NOUS, SI ON PARLE PAS TOUT LE TEMPS, ON S'ENNUIE.
FAUT QU'ON JABOTE, SINON LA VIE SANS LES MOTS N'EST QU'UNE SUITE DE MAUX.
ET ON AURAIT LA MÊME FIGURE DE CHAGRIN QUE TOI !
LE MAÎTRE ENQUIQUINEUR A QUAND MÊME PERDU SES COMPAGNONS, ON DEVRAIT COMPATIR...
... ET L'AIDER ENCORE UN PEU.
DE TOUTE FAÇON, ON N'A RIEN À FAIRE EN CE MOMENT.
C'EST QUOI TON PLAN, MAÎTRE ENQUÊTEUR ?
34

ÇA, C'EST UNE FEMELLE.
ELLE A MÊME PAS SIX MOIS.
FACILE À TUER.
SI TU MARCHES TOUJOURS EN DIRECTION DU SOLEIL LEVANT, TU FINIRAS PAR QUITTER LES BOIS. MAIS T'EN AS POUR PLUSIEURS MOIS DE MARCHE.
TU PEUX AUSSI AVANCER EN REGARDANT LA MOUSSE SUR LES ARBRES. PAR ICI, C'EST PAS TROP HUMIDE, ELLE POUSSE CÔTÉ NORD MAIS UN PEU PLUS LOIN, DANS LES COINS MARÉCAGEUX, ELLE POUSSE AUSSI AU SUD
SI T'Y CONNAIS RIEN EN MOUSSE SUR LES ARBRES, FIE-TOI PLUTÔT À MON DOIGT ET VA TOUT DROIT.
NOUS, ON N'IRA PAS PLUS LOIN. ON VOUDRAIT PAS ÊTRE APERÇUS PAR D'AUTRES HOMMES ET VOIR RAPPLIQUER TOUS LES DÉMENTS DU CONTINENT.
UN SEUL COMME TOI, ÇA NOUS SUFFIT !
MERCI À VOUS TROIS.
ET RAPPELLE-TOI QU'ON N'EST PAS RÉELS !
LE PEUPLE RACINE N'EXISTE PAS VRAIMENT.
ET MÉDITE AUSSI SUR LA VIOLENCE, MAÎTRE ENQUIQUINEUR !
35

MON VIEIL AMI, ENFIN TU TROUVES UN SENTIER POUR QUITTER CETTE FORÊT.
I'JAREN... TU ES...
MORT, IL Y A BIEN LONGTEMPS. AINSI QUE TOUS LES MIENS.
TU ES UN FANTÔME ?
JE N'EN SUIS PAS SÛR...
PAS SÛR ?
JE CROIS PLUTÔT QUE JE SUIS UNE PROJECTION DE TON ESPRIT. COMME TES DOUBLES.
JE SUIS INCAPABLE DE FAIRE ÇA.
POUR ÉCHAPPER À LA MORT DANS CE RAVIN, TU AS POURTANT DÛ TE MONTRER INVENTIF ET UTILISER TON POUVOIR D'UNE NOUVELLE FAÇON...
ALORS ? OÙ TE MÈNENT TES RÉFLEXIONS ?
NULLE PART.
VOUS DITES ?
JE... JE PARLAIS TOUT SEUL.
POURQUOI NE PAS RÉVÉLER À CE BRAVE HOMME QUE TU AS TOUT PERDU DANS LA FORÊT, TES AMIS COMME TA RAISON ?
ACCEPTER TA FOLIE EST PLUS SIMPLE QUE DE LA COMBATTRE.
JE NE SUIS PAS FOU...
TU FAIS POURTANT LA DISCUSSION À UN MORT.
QU'EST-CE QUE TU VEUX ?
36

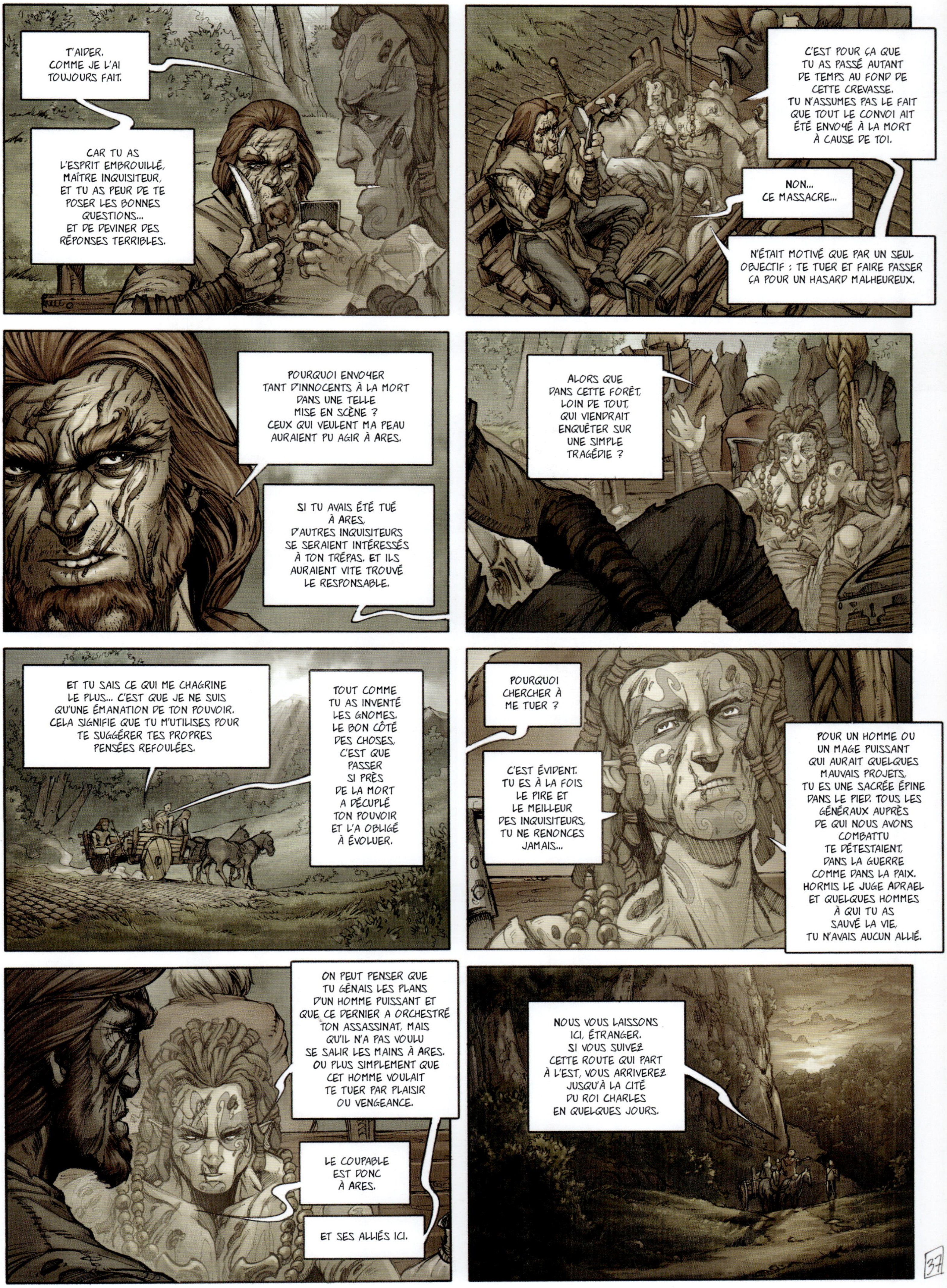
T'AIDER. COMME JE L'AI TOUJOURS FAIT.
CAR TU AS L'ESPRIT EMBROUILLÉ, MAÎTRE INQUISITEUR, ET TU AS PEUR DE TE POSER LES BONNES QUESTIONS... ET DE DEVINER DES RÉPONSES TERRIBLES.
C'EST POUR ÇA QUE TU AS PASSÉ AUTANT DE TEMPS AU FOND DE CETTE CREVASSE. TU N'ASSUMES PAS LE FAIT QUE TOUT LE CONVOI AIT ÉTÉ ENVOYÉ À LA MORT À CAUSE DE TOI.
NON... CE MASSACRE...
N'ÉTAIT MOTIVÉ QUE PAR UN SEUL OBJECTIF : TE TUER ET FAIRE PASSER ÇA POUR UN HASARD MALHEUREUX.
POURQUOI ENVOYER TANT D'INNOCENTS À LA MORT DANS UNE TELLE MISE EN SCÈNE ? CEUX QUI VEULENT MA PEAU AURAIENT PU AGIR À ARES.
SI TU AVAIS ÉTÉ TUÉ À ARES, D'AUTRES INQUISITEURS SE SERAIENT INTÉRESSÉS À TON TRÉPAS. ET ILS AURAIENT VITE TROUVÉ LE RESPONSABLE.
ALORS QUE DANS CETTE FORÊT, LOIN DE TOUT, QUI VIENDRAIT ENQUÊTER SUR UNE SIMPLE TRAGÉDIE ?
ET TU SAIS CE QUI ME CHAGRINE LE PLUS... C'EST QUE JE NE SUIS QU'UNE ÉMANATION DE TON POUVOIR. CELA SIGNIFIE QUE TU M'UTILISES POUR TE SUGGÉRER TES PROPRES PENSÉES REFOULÉES.
TOUT COMME TU AS INVENTÉ LES GNOMES. LE BON CÔTÉ DES CHOSES, C'EST QUE PASSER SI PRÈS DE LA MORT A DÉCUPLÉ TON POUVOIR ET L'A OBLIGÉ À ÉVOLUER.
POURQUOI CHERCHER À ME TUER ?
C'EST ÉVIDENT. TU ES À LA FOIS LE PIRE ET LE MEILLEUR DES INQUISITEURS. TU NE RENONCES JAMAIS...
POUR UN HOMME OU UN MAGE PUISSANT QUI AURAIT QUELQUES MAUVAIS PROJETS, TU ES UNE SACRÉE ÉPINE DANS LE PIED. TOUS LES GÉNÉRAUX AUPRÈS DE QUI NOUS AVONS COMBATTU TE DÉTESTAIENT, DANS LA GUERRE COMME DANS LA PAIX. HORMIS LE JUGE ADRAEL ET QUELQUES HOMMES À QUI TU AS SAUVÉ LA VIE, TU N'AVAIS AUCUN ALLIÉ.
ON PEUT PENSER QUE TU GÊNAIS LES PLANS D'UN HOMME PUISSANT ET QUE CE DERNIER A ORCHESTRÉ TON ASSASSINAT, MAIS QU'IL N'A PAS VOULU SE SALIR LES MAINS À ARES. OU PLUS SIMPLEMENT QUE CET HOMME VOULAIT TE TUER PAR PLAISIR OU VENGEANCE.
LE COUPABLE EST DONC À ARES.
ET SES ALLIÉS ICI.
NOUS VOUS LAISSONS ICI, ÉTRANGER. SI VOUS SUIVEZ CETTE ROUTE QUI PART À L'EST, VOUS ARRIVEREZ JUSQU'À LA CITÉ DU ROI CHARLES EN QUELQUES JOURS.
37

SUR LA PISTE DE SUSPECTS...
COMME AU BON VIEUX TEMPS.
SAUF QUE CETTE FOIS, LE GIBIER EST DE TAILLE... ACCUSER UN ROI DE COUVRIR LE MEURTRE D'UN INQUISITEUR, C'EST UNE PREMIÈRE. MÊME POUR TOI.
HALTE...
!!!
BIM
QUI VIENT IMPORTUNER MES VIEUX OS FATIGUÉS À CETTE HEURE ?
LA JUSTICE DE L'INQUISITION, ROI CHARLES.
ALLONS DONC ! IL Y A DES DÉCENNIES QUE NOUS N'AVONS VU UN INQUISITEUR SUR NOS TERRES.
DES DÉCENNIES ?
ROI CHARLES... VOUS AVEZ TANT VIEILLI.
OBEYRON... ON M'A RAPPORTÉ TA MORT.
ES-TU UN FANTÔME VENU SE VENGER ?
À TON AVIS, TU ES RESTÉ COMBIEN DE TEMPS DANS TA CREVASSE ? LE ROI EST PRESQUE CENTENAIRE AUJOURD'HUI ALORS QU'IL N'AVAIT PAS ENCORE SOIXANTE ANS LA DERNIÈRE FOIS QUE TU L'AS VU.
TOUT EST DE LA FAUTE DE MON CARTOGRAPHE, DU COMMANDANT HYPNARES ET DE CE MAUDIT SORCIER NOIR...
UN SORCIER ?
TU T'ES MENTI À TOI-MÊME PENDANT QUARANTE ANS. TU AS SURVÉCU EN MANGEANT DES HERBES ET DES INSECTES, ENTOURÉ D'ILLUSIONS QUE TU AS TOI-MÊME CRÉÉES POUR T'ÉVITER DE REMONTER À LA SURFACE... POUR NE PAS AFFRONTER LA RÉALITÉ.
CE SONT HYPNARES ET LE SORCIER QUI VOULAIENT TA MORT. JE LEUR AI JUSTE DONNÉ MON ACCORD EN ÉCHANGE DE POTIONS POUR VIVRE PLUS LONGTEMPS.
JE SUIS MORT PAR TA FAUTE, TOUT COMME MA FEMME, MON FILS ET LES FAMILLES QUI NOUS ACCOMPAGNAIENT.
ET SI TU RETROUVES LES COUPABLES, ILS TE RÉVÉLERONT CETTE VÉRITÉ... ES-TU PRÊT À L'ACCEPTER ?
SI TU ME TUES, MON ROYAUME ENTRERA EN GUERRE CONTRE TON ORDRE...
38
JE SUIS LE BRAS DE L'INQUISITION. CONFESSE TON CRIME, ROI CHARLES, TU AURAS LA VIE SAUVE ET IL N'Y AURA PAS DE GUERRE.

TU AS PASSÉ DES ANNÉES DANS UN RAVIN.
À DOUTER DE TOI-MÊME, À AVOIR PEUR ET HONTE DE LA VÉRITÉ... TU ES DEVENU FOU.
COMME QUOI, MÊME UNE BRUTE COMME TOI, OBEYRON, PEUT AVOIR DES ÉTATS D'ÂME.
HA ! HA ! HA ! FINALEMENT, IL Y A UNE JUSTICE. MÊME POUR LES INQUISITEURS.
J'AI ACCEPTÉ MA PEINE. IL EST TEMPS QUE TOI AUSSI, TU ENDOSSES TES RESPONSABILITÉS.
QUELLES RESPONSABILITÉS ? JE SUIS INNOCENT. JE N'AI RIEN À VOIR AVEC LE CARNAGE QUI A COÛTÉ LA VIE À TON ELFE. MAIS ÇA, TU LE SAIS DEPUIS LE DÉBUT, SINON TU M'AURAIS DÉJÀ TUÉ.
LES LÂCHES ET LES INTRIGANTS NE MÉRITENT PAS LA MORT.
MAIS UN SOLDAT AUSSI HAUT GRADÉ QUE TOI A FORCÉMENT VU ET ENTENDU DES CHOSES DURANT TOUTES CES ANNÉES. TU ES COUPABLE D'AVOIR SU CE QUI SE TRAMAIT ET DE N'AVOIR RIEN FAIT. TU AURAIS PU ÉVITER UN MASSACRE OU EN RECHERCHER LES RESPONSABLES SI TU AVAIS ÉTÉ UN HOMME JUSTE.
JE T'AI PRIS UN ŒIL AUTREFOIS POUR TE PUNIR D'AVOIR REGARDÉ AILLEURS QUAND ON TORTURAIT DES GÉANTS ET UNE ENFANT QUI NE LE MÉRITAIT PAS... CELA NE T'A PAS SERVI DE LEÇON.
TE VOILÀ MAINTENANT AVEC UNE SEULE MAIN, MAIS IL TE RESTE ENCORE BIEN D'AUTRES MEMBRES À PERDRE...
ACHÈVE-MOI AU LIEU DE ME MENACER !
NON. AUJOURD'HUI, JE VAIS TE DONNER UNE CHANCE DE T'AMENDER AU NOM DE LA JUSTICE.
DES SOLDATS ARRIVENT.
VA TE METTRE À L'ABRI, MON VIEIL AMI.
L'HEURE DE LA VÉRITÉ APPROCHE.
ILS VONT TE TRUCIDER !
39

NON. JE VAIS FUIR ET ILS NE ME POURSUIVRONT PAS.
COMPTE LÀ-DESSUS.
QUANT À TOI, TU VAS PORTER LA VÉRITÉ AUX JUGES.
LE MAÎTRE INQUISITEUR OBEYRON N'EST PAS MORT. IL EST EN VILLE... ET IL A PERDU L'ESPRIT.
IL PENSE QUE DES HOMMES IMPORTANTS ONT ESSAYÉ DE L'ASSASSINER AUX SOUPIRS. IL VA TOUS LES TUER UN PAR UN. SELON LUI, LE CARTOGRAPHE GUIMEOD, UN DE NOS OFFICIERS ET UN SORCIER SERAIENT À L'ORIGINE DE CETTE CONSPIRATION.
ET JE CROIS QU'IL A RAISON.
ALLEZ CHERCHER LE JUGE ADRAEL !
ET LE SEIGNEUR GUIMEOD.
JE M'OCCUPE DU CARTOGRAPHE.
ÊTES-VOUS CERTAIN DE CE QUE VOUS AVANCEZ, OBEYRON ?
OUI, LE ROI CHARLES DE ROMAN M'A AVOUÉ CE QU'IL SAVAIT.
ET EN CE QUI CONCERNE VOTRE POUVOIR ?
IL EST DEVENU BIEN PLUS PUISSANT QU'AUTREFOIS... JE CRAINS DE NE PLUS LE MAÎTRISER.
JE VOUS AIDERAI À REPRENDRE LE CONTRÔLE DE VOTRE DON ET NOUS CONFONDRONS LES HOMMES QUI ONT COMPLOTÉ CONTRE VOUS.
MAIS TEMPÉREZ VOTRE COLÈRE. VOS AGISSEMENTS CES DERNIERS JOURS POURRAIENT JETER LE DISCRÉDIT SUR NOTRE ORDRE.
VOUS AURIEZ DÛ REVENIR VERS MOI AU LIEU DE FAIRE PARLER DE VOUS EN VILLE. JE VOUS AI TOUJOURS SOUTENU PAR LE PASSÉ.
JE VOULAIS QUE TOUS LES COUPABLES SOIENT DÉCOUVERTS AVANT DE ME MONTRER.
ET ILS LE SERONT TOUS BIENTÔT.
JUGE ADRAEL, VOUS ÊTES DEMANDÉ DANS LA SALLE DU CONSEIL.

L'INQUISITEUR EST VIVANT !
BAM
L'INQUISITEUR ?
TU M'AS DIT QUE CE FOUTU OBEYRON N'AVAIT PAS SURVÉCU !
OBEYRON ? MAIS...
IL EST EN VIE ET IL SAIT POUR LE SORCIER !
COURS LE PRÉVENIR !
MAIS...
FAIS CE QUE JE DIS, ET VITE ! LE SORCIER NOUS PROTÉGERA D'OBEYRON.
TU T'ES ENGRAISSÉ DURANT TOUTE TA VIE GRÂCE AU SANG D'INNOCENTS, MAIS CELA PREND FIN AUJOURD'HUI.
TU... TU ÉTAIS MORT...
ON NE TUE PAS LA JUSTICE.
MAINTENANT, RÉPONDS À UNE SIMPLE QUESTION. POURQUOI AS-TU ESSAYÉ DE ME TUER ?
JE N'AI FAIT QUE SUIVRE LES CONSIGNES QU'ON ME DONNAIT ET PRENDRE L'OR QUI ALLAIT AVEC.
DE QUI VENAIENT LES ORDRES ?
DU COMMANDANT HYPNARES, DU CAPITAINE ARAN ET DU SORCIER NOIR...
SSHHLAAHTCH

POUSSEZ-VOUS, BOUGRES D'IDIOTS !
TU AURAIS PU GARDER GUIMEOD EN VIE. IL AURAIT TOUT AVOUÉ AUX JUGES. ET ILS T'AIDERAIENT À TROUVER CE FAMEUX SORCIER EN CE MOMENT MÊME.
CE CHIEN EST À MOI.
ET LE TROUVER N'EST PLUS UN PROBLÈME.
SORCIER !
MONTRE-TOI ! JE N'AI PAS LE TEMPS DE JOUER ! OBEYRON EST...
42

... JUSTE DERRIÈRE TOI.
VOILÀ DONC L'ANTRE DU FAMEUX SORCIER QUI VEUT MA MORT.
ET IL TE SOUHAITE LA BIENVENUE AVEC UNE BELLE ILLUSION.
JE VOUS ACCUSE, TOI ET L'HOMME QUE TU SERS, D'AVOIR VOULU ME TUER. ET VOUS ALLEZ TOUS LES DEUX GOÛTER À MA LAME.
IL NE CRAINT PAS TON ÉPÉE DU JUSTE. IL VA TE...
TAIS-TOI, ARAN.
LAISSE LES MAGES PARLER.
TU N'ES QU'UN SORCIER, PAS UN MAGE.
QUELLE EST LA DIFFÉRENCE, INQUISITEUR ? J'USE DE POTIONS, D'INGRÉDIENTS ET DE FORMULES ALORS QUE TOI, TU CROIS QUE LA MAGIE EST EN TOI. NOUS SOMMES COMME DES FRÈRES...
TU N'ES PAS LE SEUL À PRODUIRE DES MIRAGES, INQUISITEUR.
43

TU VEUX JOUER, SORCIER ? JE VAIS TE FAIRE GOÛTER À LA VRAIE MAGIE.
MONTRE-MOI UNE ILLUSION QUI TE SAUVERA DE ÇA !
FAIRE APPARAÎTRE UN DRAGON, C'EST PAS TA MEILLEURE IDÉE. SON FLAIR VA RENIFLER TON HOMME...
MAIS CES BÊTES-LÀ SONT INCONTRÔLABLES.
BABOOOM
N'APPROCHE PAS, INQUISITEUR...
JE VAIS T'ARRACHER LA VIE, MAUDIT SORCIER, ET JE VAIS PRENDRE MON TEMPS.
RECULE, OBEYRON !
TON SUPPLICE DURERA DES JOURS...
44

BOOM
JE VOUS AVAIS DEMANDÉ DE LA RETENUE, OBEYRON.
J'AI FAIT CE QUE J'AI PU...

LE MOINS QUE L'ON PUISSE DIRE, C'EST QUE VOUS AVEZ FAIT UN RETOUR REMARQUÉ PARMI NOUS, MAÎTRE INQUISITEUR.
ÇA C'EST SÛR ! BEAU TABLEAU DE CHASSE.
IL RESTE CEPENDANT DES QUESTIONS EN SUSPENS À PROPOS DU COMMANDANT HYPNARES ET DE CE SORCIER NOIR QUI N'A PAS ÉTÉ RETROUVÉ DANS LES DÉCOMBRES.
PENDANT QU'ON VOUS RECOUSAIT, J'AI PASSÉ DES HEURES À EXPLORER LES SOUVENIRS DE CES HOMMES AVANT QUE LEURS ÂMES NE S'ÉLOIGNENT TROP DE LEUR CORPS. J'AI PU EN SAISIR QUELQUES-UNS...
ET JE VEUX PARTAGER CELA AVEC VOUS.
APRÈS M'AVOIR TENU TÊTE DES ANNÉES DURANT, IL M'A INSULTÉ, M'A BRISÉ UN DOIGT ET S'EST RI DE MOI. DEPUIS QU'IL PORTE SON TITRE DE MAÎTRE INQUISITEUR, IL SE CROIT TOUT PERMIS.
OBEYRON DOIT MOURIR... MAIS NOUS VOULONS QUE CELA SE FASSE SANS ÉVEILLER LE MOINDRE SOUPÇON.
JE PEUX TROUVER UN EMPOISONNEUR.
NON... LE POISON LAISSE DES TRACES, ET PUIS JE VEUX QU'IL CRÈVE DANS LE SANG.
JE SUIS EN TRAIN DE PRÉPARER DE FAUX RAPPORTS PROVENANT DE LA FORÊT DES SOUPIRS POUR QUE LES JUGES ENVOIENT UN INQUISITEUR À L'OUEST. ILS VONT SANS DOUTE TENTER D'Y ÉTABLIR UNE COLONIE. JE LEUR SUGGÉRERAI D'Y MANDATER OBEYRON...
... ET IL Y MOURRA. IL N'Y A NI INQUISITION NI LOI LÀ-BAS. SI NOUS OBTENONS L'AVAL DU ROI CHARLES, PERSONNE N'IRA S'INTÉRESSER À UN HOMME MORT SUR SES TERRES.
CONFIEZ-MOI UNE MISSION OFFICIELLE AUX SOUPIRS, COMMANDANT, ET AVEC HENGONAR, NOUS TENDRONS UN PIÈGE À L'INQUISITEUR.
NON, LAISSE HENGONAR EN DEHORS DE ÇA. IL EST EN TRAIN DE GRAVIR LES ÉCHELONS ET FERA UN JOUR UN BON COMMANDANT, MAIS IL N'A PAS DE COUILLES, ET IL A PEUR D'OBEYRON.
TU DEVRAS AGIR DISCRÈTEMENT DEPUIS ARES. JE TE SIGNERAI TOUS LES SAUF-CONDUITS ET LES AUTORISATIONS NÉCESSAIRES POUR ORGANISER SON ASSASSINAT.
MAIS LES SEULS TUEURS QUE JE CONNAIS SONT D'ANCIENS SOLDATS ET TOUS GAGNENT LEUR PAIN DANS LES RUES D'ARES.
TU ACCORDERAS QUELQUES PRIVILÈGES AUX HOMMES PUISSANTS QUE L'INQUISITEUR A JETÉS EN PRISON EN ÉCHANGE DE LEUR RÉSEAU.

ILS T'AIDERONT, JE SUIS CERTAIN QU'ILS DONNERAIENT TOUT CE QU'IL LEUR RESTE POUR VOIR MOURIR CE CHIEN.
ET SI JAMAIS LES TROIS JUGES APPRENNENT CE QUE NOUS COMPLOTONS ?
DEPUIS LA FIN DE LA GUERRE, LES JUGES NE SE PRÉOCCUPENT QUE DE L'AVENIR. ILS NE S'INTÉRESSENT PLUS À NOS PETITES AFFAIRES ET ILS N'AURONT PAS LE TEMPS DE PLEURER LA MORT DE L'UN DES LEURS.
ET VOTRE ALLIÉ ? QUEL EST SON RÔLE DANS TOUT ÇA ?
J'APPORTE UNE TOUCHE DE MAGIE À CE PROJET...
SES ÉLIXIRS NOUS ACHÈTERONT LES FAVEURS DU ROI CHARLES ET PERMETTRONT AUX ASSASSINS D'ÉCHAPPER AUX DRAGONS NOIRS S'ILS S'ENFONCENT TROP LOIN DANS LA FORÊT.
ET VOUS, POURQUOI VOULEZ-VOUS TUER L'INQUISITEUR ?
NE POSE PAS DE QUESTIONS DONT LES RÉPONSES POURRAIENT TE COÛTER LA VIE, SOLDAT.
JE SUIS DÉSOLÉ, INQUISITEUR... JE N'AI PU SAISIR QUE CE SOUVENIR ET JE N'AI RIEN APPRIS DE PLUS SUR CE SORCIER NOIR.
JE ME SENS RESPONSABLE DE CE QUI VOUS EST ARRIVÉ. J'AVAIS CONFIANCE EN HYPNARES. JE N'AI JAMAIS IMAGINÉ QUE LUI, ARAN ET TANT D'HOMMES SOUHAITAIENT VOTRE TRÉPAS.
LA JUSTICE EST FAILLIBLE.
JE REGRETTE SEULEMENT QU'IL SOIT IMPOSSIBLE DE PUNIR UN CHIEN DÉJÀ MORT. J'AURAIS DÛ REVENIR PLUS TÔT POUR COUCHER LE CADAVRE D'HYPNARES SUR UNE DE CES TABLES.
QUANT AUX HAINES QUE J'AI SUSCITÉES, C'EST À MOI D'EN PORTER LE FARDEAU.
C'EST QUAND MÊME DOMMAGE D'EN ÊTRE ARRIVÉ LÀ POUR QUELQUES INSULTES ET UN DOIGT CASSÉ...

LA FORÊT DES SOUPIRS.
ALORS, LA VIEILLE BÛCHE COURONNÉE...
C'EST DIFFICILE DE RÉCHAUFFER UN CORPS DESSÉCHÉ COMME LE TIEN, HEIN ?
QUE...
QUE... QUI ÊTES-VOUS ?
ON EST LES VRAIS ROIS DE CETTE FORÊT. C'EST NOUS, LE PEUPLE RACINE !
JE SUIS EN TRAIN DE RÊVER ?
NON, MON GARS. SI TU RÊVAIS, ON SERAIT PLUS MIGNONS QUE ÇA ET TON HALEINE SENTIRAIT MOINS LA POISCAILLE.
VOUS EXISTEZ VRAIMENT ?
ÇA, C'EST LA QUESTION À MILLE ÉCUS. MÊME NOUS, ON N'A PAS LA RÉPONSE.
SOMMES-NOUS RÉELS OU VENONS-NOUS DE L'ESPRIT TORDU D'UN INQUISITEUR TOURMENTÉ ?
PEU IMPORTE. CE QUI COMPTE, C'EST QU'ON A DÉCIDÉ DE TE TENIR COMPAGNIE...
JUSQU'À TA MORT.
QU'EST-CE QU'ON POURRAIT FAIRE EN ATTENDANT ?
TE RENDRE FOU ?
TE POUSSER AU SUICIDE ?
LAISSEZ-MOI EN PAIX !
AH ÇA, NON !
C'EST UNE QUESTION DE JUSTICE.
ET LA JUSTICE, ÇA NOUS CONNAÎT !

JE TIENS À CE QUE VOUS CONTINUIEZ À SERVIR L'ORDRE.
JE LE FERAI, JUGE ADRAEL. MAIS J'AI BESOIN DE TEMPS AVANT QUE VOUS NE ME CONFIIEZ DE NOUVELLES MISSIONS. JE TIENS À ENQUÊTER SUR CE SORCIER ET LE COMMANDANT HYPNARES. PEUT-ÊTRE DÉCOUVRIRAI-JE D'AUTRES DE LEURS SECRETS.
LA CONCLUSION DE CETTE TRAGÉDIE VOUS AFFLIGE MAIS JUSTICE A ÉTÉ RENDUE. NE TRAQUEZ PAS DES FANTÔMES. QUANT À CE MYSTÉRIEUX SORCIER, NOUS LE TROUVERONS ENSEMBLE.
TÂCHEZ PLUTÔT DE RESTER MAÎTRE DE VOS PENSÉES. JE NE VEUX PAS VOIR D'AUTRES DRAGONS EN VILLE, OU JE NE SAIS QUELLE CRÉATURE SORTIE DE VOTRE IMAGINATION.
EST-IL POSSIBLE QUE JE PERDE LE CONTRÔLE SUR LA MAGIE QUI EST EN MOI ?
TOUT EST POSSIBLE. CERTAINS DISENT QUE LA MAGIE DISPARAÎT. JE PRÉFÈRE CROIRE QU'ELLE ÉVOLUE. MAIS QUOI QU'IL ARRIVE, LES JUGES ET LES INQUISITEURS EN SERONT TOUJOURS LES GARDIENS.
TENTEZ DE TROUVER LA PAIX EN VOUS, OBEYRON. N'OUBLIEZ PAS QUE L'ESPRIT SURPASSE LA FORCE ET NE LAISSEZ PLUS AUCUNE FOLIE VOUS CORROMPRE.
POUR CE QUI EST DE LA FOLIE, C'EST TROP TARD. MAIS COMME DISAIENT TES TROIS AMIS DU PEUPLE RACINE, L'ESPOIR FAIT RIRE, NON ?
QUOI QUE TU SOIS, UN SPECTRE OU UNE PROJECTION DE MON ESPRIT, PEUX-TU ARRÊTER DE PARLER TOUT LE TEMPS ?
JE PEUX ESSAYER.
MAIS JE VOUDRAIS QUAND MÊME QU'ON PARLE DE MOI.
JE T'AVOUE QUE ÇA M'INQUIÈTE DE SAVOIR QU'IL N'Y A QUE TOI QUI ME VOIS.
EST-CE QUE JE SUIS UN FANTÔME ?
OU UNE PROJECTION DE TON ESPRIT QUE TU AS CRÉÉE POUR TOI SEUL ?
À MOINS QUE TU SOIS VRAIMENT DEVENU FOU ET QUE TU VOIES DES CHOSES QUI N'EXISTENT PAS ?

T'AS PAS L'AIR D'HUMEUR CAUSANTE...
KRRAAAKK
JUSTICE N'A PAS ÉTÉ RENDUE.
ET IL SE TRAME QUELQUE CHOSE QUI NOUS ÉCHAPPE.
QU'EST-CE QUI TE FAIT DIRE ÇA ?
MON INSTINCT...
JE SENS QU'IL VA Y AVOIR DES MORTS...
BEAUCOUP DE MORTS.

FIN
PERU / GOUX
2015

Une collection dirigée par Jean-Luc Istin

Soleil
15, boulevard de Strasbourg
83000 Toulon - France

Soleil Paris
8, rue Léon Jouhaux - 75010 Paris - France

Conception graphique : Studio Soleil

Dépôt légal Mars 2015 - ISBN : 978-2-302-04519-4
Première édition

Imprimé en France

GRAND GOTTLAND
HAUTE PRISON
DE TREDD
LES TERRES D'ÉCORCE
Osterland
EDELEN
L'EPENON
LE KARDUNN
OSCITAN
Ares
L'EMPIRE DU NORD
LES SOUPIRS
GRAND DÉSERT D'OPKASYS
L'EMPIRE DU SUD